汪曾祺

汪曾祺精选集

受戒

江苏凤凰文艺出版社

目录

大淖记事　001

受戒　025

复仇　049

老鲁　061

异秉　081

羊舍一夕　095

黄油烙饼　130

岁寒三友　140

鸡鸭名家　162

皮凤三楦房子　182

小学校的钟声　203

茶干　217

落魄　223

大淖记事

一

　　这地方的地名很奇怪,叫做大淖。全县没有几个人认得这个"淖"字。县境之内,也再没有别的叫做什么淖的地方。据说这是蒙古话。那么这地名大概是元朝留下的。元朝以前这地方有没有,叫做什么,就无从查考了。

　　淖,是一片大水。说是湖泊,似还不够,比一个池塘可要大得多,春夏水盛时,是颇为浩渺的。这是两条水道的河源。淖中央有一条狭长的沙洲。沙洲上长满茅草和芦荻。春初水暖,沙洲上冒出很多紫红色的芦芽和灰绿色的蒌蒿①,很快就是一片翠绿

---

① 蒌蒿是生于水边的野草,粗如笔管,有节,生狭长的小叶,初生二寸来高,叫做"蒌蒿薹子",加肉炒食极清香。苏东坡诗:"竹外桃花三两枝,春江水暖鸭先知。蒌蒿满地芦芽短,正是河豚欲上时。"蒌蒿见之于诗,这大概是第一次。他很能写出节令风物之美。

了。夏天，茅草、芦荻都吐出雪白的丝穗，在微风中不住地点头。秋天，全都枯黄了，就被人割去，加到自己的屋顶上去了。冬天，下雪，这里总比别处先白。化雪的时候，也比别处化得慢。河水解冻了，发绿了，沙洲上的残雪还亮晶晶地堆积着。这条沙洲是两条河水的分界处。从淖里坐船沿沙洲西面北行，可以看到高阜上的几家炕房。绿柳丛中，露出雪白的粉墙，黑漆大书四个字："鸡鸭炕房"，非常显眼。炕房门外，照例都有一块小小土坪，有几个人坐在树桩上负曝闲谈。不时有人从门里挑出一副很大的扁圆的竹笼，笼口络着绳网，里面是松花黄色的，毛茸茸，挨挨挤挤，啾啾乱叫的小鸡小鸭。由沙洲往东，要经过一座浆坊。浆是浆衣服用的。这里的人，衣服被里洗过后，都要浆一浆。浆过的衣服，穿在身上沙沙响。浆是芡实水磨，加一点明矾，澄去水分，晒干而成。这东西是不值什么钱的。一大盆衣被，只要到杂货店花两三个铜板，买一小块，用热水冲开，就足够用了。但是全县浆粉都由这家供应（这东西是家家用得着的），所以规模也不算小。浆坊有四五个师傅忙碌着。喂着两头毛驴，轮流上磨。浆坊门外，有一片平场，太阳好的时候，每天晒着浆块，白得叫人眼睛都睁不开。炕房、浆坊附近还有几家买卖荸荠、茨菇、菱角、鲜藕的鲜货行，集散鱼蟹的鱼行和收购青草的草行。过了炕房和浆坊，就都是田畴麦垅，牛棚水车，人家的墙上贴着黑黄色的牛屎粑粑——牛粪和水，拍成饼状，直径半尺，整齐地贴在墙上晾干，作燃料，已经完全是农村的景色了。由大淖北去，可至北乡各村。东去可至一沟、二沟、三垛,直达邻县兴化。

　　大淖的南岸,有一座漆成绿色的木板房,房顶、地面,都是木板的。这原是一个轮船公司。靠外手是候船的休息室。往里去,临水,就是码头。原来曾有一只小轮船,往来本城和兴化,隔日一班,单日开走,双日返回。小轮船漆得花花绿绿的,飘着万国旗,机器突突地响,烟筒冒着黑烟。装货、卸货,上客、下客,也有卖牛肉、高粱酒、花生瓜子、芝麻灌香糖的小贩,吆吆喝喝,是热闹过一阵的。后来因为公司赔了本,股东无意继续经营,就卖船停业了。这间木板房子倒没有拆去。现在里面空荡荡、冷清清,只有附近的野孩子到候船室来唱戏玩,棍棍棒棒,乱打一气,或到码头上比赛撒尿。七八个小家伙,齐齐地站成一排,把一泡泡臊尿哗哗地撒到水里,看谁尿得最远。

　　大淖指的是这片水,也指水边的陆地。这里是城区和乡下的交界处。从轮船公司往南,穿过一条深巷,就是北门外东大街了。坐在大淖的水边,可以听到远远地一阵一阵朦朦胧胧的市声,但是这里的一切和街里不一样。这里没有一家店铺。这里的颜色、声音、气味和街里不一样。这里的人也不一样。他们的生活,他们的风俗,他们的是非标准、伦理道德观念和街里的穿长衣念过"子曰"的人完全不同。

二

由轮船公司往东往西,各距一箭之遥,有两丛住户人家。这两丛人家,也是互不相同的,各是各乡风。

西边是几排错错落落的低矮的瓦屋。这里住的是做小生意的。他们大都不是本地人,是从下河一带,兴化、泰州、东台等处来的客户。卖紫萝卜的(紫萝卜是比荸荠略大的扁圆形的萝卜,外皮染成深蓝紫色,极甜脆),卖风菱的(风菱是很大的两角的菱角,壳极硬),卖山里红的,卖熟藕(藕孔里塞了糯米煮熟)的。还有一个从宝应来的卖眼镜的,一个从杭州来的卖天竺筷的。他们像一些候鸟,来去都有定时。来时,向相熟的人家租一间半间屋子,住上一阵,有的住得长一些,有的短一些,到生意做完,就走了。他们都是日出而作,日入而息。吃罢早饭,各自背着、扛着、挎着、举着自己的货色,用不同的乡音,不同的腔调,吟唱吆唤着上街了。到太阳落山,又都像鸟似的回到自己的窝里。于是从这些低矮的屋檐下就都飘出带点甜味而又呛人的炊烟(所烧的柴草都是半干不湿的)。他们做的都是小本生意,赚钱不大。因为是在客边,对人很和气,凡事忍让,所以这一带平常总是安安静静的,很少有吵嘴打架的事情发生。

这里还住着二十来个锡匠,都是兴化帮。这地方兴用锡器,家家都有几件锡制的家伙。香炉、蜡台、痰盂、茶叶罐、水壶、茶壶、酒壶,甚至尿壶,都是锡的。嫁闺女时都要陪送一套锡器。最少也要有两个能容四五升米的大锡罐,摆在柜顶上,否则就不成其为嫁妆。出阁的闺女生了孩子,娘家要送两大罐糯米粥(另外还要有两只老母鸡,一百只鸡蛋),装粥用的就是娘家柜顶上的这两个锡罐。因此,二十来个锡匠并不显多。

  锡匠的手艺不算费事,所用的家什也较简单。一副锡匠担子,一头是风箱,绳系里夹着几块锡板;一头是炭炉和两块二尺见方、一面裱着好几层表芯纸的方砖。锡器是打出来的,不是铸出来的。人家叫锡匠来打锡器,一般都是自己备料——把几件残旧的锡器回炉重打。锡匠在人家门道里或是街边空地上,支起担子,拉动风箱,在锅里把旧锡化成锡水——锡的熔点很低,不大一会儿就化了;然后把两块方砖对合着(裱纸的一面朝里),在两砖之间压一条绳子,绳子按照要打的锡器圈成近似的形状,绳头留在砖外,把锡水由绳口倾倒过去,两砖一压,就成了锡片;然后,用一个大剪子剪剪,焊好接口,用一个木棰在铁砧上敲敲打打,大约一两顿饭工夫就成型了。锡是软的,打锡器不像打铜器那样费劲,也不那样吵人。粗使的锡器,就这样就能交活。若是细巧的,就还要用刮刀刮一遍,用砂纸打一打,用竹节草(这种草中药店有卖的)磨得锃亮。

  这一帮锡匠很讲义气。他们扶持疾病,互通有无,从不抢生意。若是合伙做活,工钱也分得很公道。这帮锡匠有一个头领,是个老锡匠,他说话没有人不听。老锡匠人很耿直,对其余的锡匠(不是他的晚辈就是他的徒弟)管教得很紧。他不许他们赌钱喝酒；嘱咐他们出外做活，要童叟无欺，手脚要干净；不许和妇道嬉皮笑脸。他教他们不要怕事，也绝不要惹事。除了上市应活，平常不让到处闲游乱窜。

老锡匠会打拳，别的锡匠也跟着练武。他屋里有好些白蜡杆，三节棍，没事便搬到外面场地上打对儿。老锡匠说：这是消遣，也可以防身，出门在外，会几手拳脚不吃亏。除此之外，锡匠们的娱乐便是唱唱戏。他们唱的这种戏叫做"小开口"，是一种地方小戏，唱腔本是萨满教的香火（巫师）请神唱的调子，所以又叫"香火戏"。这些锡匠并不信萨满教，但大都会唱香火戏。戏的曲调虽简单，内容却是成本大套，李三娘挑水推磨，生下咬脐郎；白娘子水漫金山；刘金定招亲；方卿唱道情……可以坐唱，也可以化了妆彩唱。遇到阴天下雨，不能出街，他们能吹打弹唱一整天。附近的姑娘媳妇都挤过来看，——听。

老锡匠有个徒弟，也是他的侄儿，在家大排行第十一，小名就叫个十一子，外人都叫他小锡匠。这十一子是老锡匠的一件心事。因为他太聪明，长得又太好看了，他长得挺拔厮称，肩宽腰细，唇红齿白，浓眉大眼，头戴遮阳草帽，青鞋净袜，全身衣服整齐合体。天热的时候，敞开衣扣，露出扇面也似的胸脯，五寸宽的雪白的板带煞得很紧。走起路来，高抬脚，轻着地，麻溜利索。锡匠里出了这样一个一表人才，真是鸡窝里飞出了金凤凰。老锡匠心里明白：唱"小开口"的时候，那些挤过来的姑娘媳妇，其实都是来看这位十一郎的。

老锡匠经常告诫十一子,不要和此地的姑娘媳妇拉拉扯扯,尤其不要和东头的姑娘媳妇有什么勾搭:"她们和我们不是一样的人!"

三

轮船公司东头都是草房,茅草盖顶,黄土打墙,房顶两头多盖着半片破缸破瓮,防止大风时把茅草刮走。这里的人,世代相传,都是挑夫。男人、女人、大人、孩子,都靠肩膀吃饭。

挑得最多的是稻子。东乡、北乡的稻船,都在大淖靠岸。满船的稻子,都由这些挑夫挑走。或送到米店,或送进哪家大户的廒仓,或挑到南门外琵琶闸的大船上,沿运河外运。有时还会一直挑到车逻、马棚湾这样很远的码头上。单程一趟,或五六里,或七八里、十多里不等。一二十人走成一串,步子走得很匀,很快。一担稻子一百五十斤,中途不歇肩。一路不停地打着号子。换肩时一齐换肩。打头的一个,手往扁担上一搭,一二十副担子就同时由右肩转到左肩上来了。每挑一担,领一根"筹子"——尺半长,一寸宽的竹牌,上涂白漆,一头是红的。到傍晚凭筹领钱。

稻谷之外,什么都挑。砖瓦、石灰、竹子(挑竹子一头拖在地上,在砖铺的街面上擦得刷刷地响)、桐油(桐油很重,使扁担不行,得用木杠,两人抬一桶)……因此,一年三百六十天,天天有活干,饿不着。

十三四岁的孩子就开始挑了。起初挑半担,用两个柳条笆斗。练上一二年,人长高了,力气也够了,就挑整担,像大人一样的挣钱了。

挑夫们的生活很简单:卖力气,吃饭。一天三顿,都是干饭。这些人家都不盘灶,烧的是"锅腔子"——黄泥烧成的矮瓮,一面开口烧火。烧柴是不花钱的。淖边常有草船,乡下人挑芦柴入街去卖,一路总要撒下一些。凡是尚未挑担挣钱的孩子,就一人一把竹笆,到处去搂。因此,这些顽童得到一个稍带侮辱性的称呼,叫做"笆草鬼子"。有时懒得费事,就从乡下人的草担上猛力拽出一把,拔腿就溜。等乡下人撂下担子叫骂时,他们早就没影儿了。锅腔子无处出烟,烟子就横溢出来,飘到大淖水面上,平铺开来,停留不散。这些人家无隔宿之粮,都是当天买,当天吃。吃的都是脱粟的糙米。一到饭时,就看见这些茅草房子的门口蹲着一些男子汉,捧着一个蓝花大海碗,碗里是骨堆堆的一碗紫红紫红的米饭,一边堆着青菜小鱼、臭豆腐、腌辣椒,大口大口地在吞食。他们吃饭不怎么嚼,只在嘴里打一个滚,咕咚一声就咽下去了。看他们吃得那样香,你会觉得世界上再没有比这个饭更好吃的饭了。

他们也有年,也有节。逢年过节,除了换一件干净衣裳,吃得好一些,就是聚在一起赌钱。赌具,也是钱。打钱,滚钱。打钱:各人拿出一二十铜元,叠成很高的一摞。参与者远远地用一个钱向这摞铜钱砸去,砸倒多少取多少。滚钱又叫"滚五七寸"。在一片空场上,各人放一摞钱;一块整砖支起一个斜坡,用一个铜元由砖面落下,向钱注密处滚去,钱停住后,用事前备好的两根草棍量一量,如距钱注五寸,滚钱者即可吃掉这一注;距离七寸,反赔出与此注相同之数。这种古老的博法使挑夫们得到极大的快乐。旁观的闲人也不时大声喝彩,为他们助兴。

这里的姑娘媳妇也都能挑。她们挑得不比男人少,走得不比男人慢。挑鲜货是她们的专业。大概是觉得这种水淋淋的东西对女人更相宜,男人们是不屑于去挑的。这些"女将"都生得颀长俊俏,浓黑的头发上涂了很多梳头油,梳得油光水滑(照当地说法是:苍蝇站上去都会闪了腿)。脑后的发髻都极大。发髻的大红头绳的发根长到二寸,老远就看到通红的一截。她们的发髻的一侧总要插一点什么东西。清明插一个柳球(杨柳的嫩枝,一头拿牙咬着,把柳枝的外皮连同鹅黄的柳叶使劲往下一抹,成一个小小球形),端午插一丛艾叶,有鲜花时插一朵栀子、一朵夹竹桃,无鲜花时插一朵大红剪绒花。因为常年挑担,衣服的肩膀处易破,她们的托肩多半是换过的。旧衣服,新托肩,颜色不一样,这几乎成了大淖妇女的特有的服饰。一二十个姑娘媳妇,挑着一担担紫红的荸荠、碧绿的菱角、雪白的连枝藕,走成一长串,风摆柳似的嚓嚓地走过,好看得很!

她们像男人一样的挣钱,走相、坐相也像男人。走起来一阵风,坐下来两条腿叉得很开。她们像男人一样赤脚穿草鞋(脚趾甲却用凤仙花染红)。她们嘴里不忌生冷,男人怎么说话她们怎么说话,她们也用男人骂人的话骂人。打起号子来也是"好大娘个歪歪子咧!"——"歪歪子咧……"

没出门子的姑娘还文雅一点,一做了媳妇就简直是"姜太公在此百无禁忌",要多野有多野。有一个老光棍黄海龙,年轻时也是挑夫,后来腿脚有了点毛病,就在码头上看看稻船,收收筹子。这老头儿老没正经,一把胡子了,还喜欢在媳妇们的胸前屁股上摸一把,拧一下。按辈份,他应当被这些媳妇称呼一声叔公,可是谁都管他叫"老骚胡子"。有一天,他又动手动脚的,几个媳妇一咬耳朵,一二三,一齐上手,眨眼之间叔公的裤子就挂在大树顶上了。有一回,叔公听见卖饺面①的挑着担子,敲着竹梆走来,他又来劲了:"你们敢不敢到淖里洗个澡?——敢,我一个人输你们两碗饺面!"——"真的?"——"真的!"——"好!"几个媳妇脱了衣服跳到淖里扑通扑通洗了一会儿。爬上岸就大声喊叫:

"下面!"

这里人家的婚嫁极少明媒正娶,花轿吹鼓手是挣不着他们的钱。媳妇,多是自己跑来的;姑娘,一般是自己找人。她们在男女关系上是比较随便的,姑娘在家生私孩子;一个媳妇,在丈夫之外,再"靠"一个,不是稀奇事。这里的女人和男人好,还是恼,只有一个标准:情愿。有的姑娘,媳妇相与了一个男人,自然也跟他

---

① 一半馄饨一半面下在一起,当地叫做饺面。

要钱买花戴,但是有的不但不要他们的钱,反而把钱给他花,叫做"倒贴"。

因此,街里的人说这里"风气不好"。

到底是哪里的风气更好一些呢?难说。

四

大淖东头有一户人家。这一家只有两口人,父亲和女儿。父亲名叫黄海蛟,是黄海龙的堂弟(挑夫里姓黄的多)。原来是挑夫里的一把好手。他专能上高跳。这地方大粮行的"窝积"(长条芦席围成的粮囤),高到三四丈,只支一只单跳,很陡。上高跳要提着气一口气窜上去,中途不能停留。遇到上了一点岁数的或者"女将",抬头看看高跳,有点含糊,他就走过去接过一百五十斤的担子,一支箭似的上到跳顶,两手一提,把两箩稻子倒在"窝积"里,随即三五步就下到平地。因为为人忠诚老实,二十五岁了,还没有成亲。那年在车逻挑粮食,遇到一个姑娘向他问路。这姑娘留着长长的刘海,梳了一个"苏州俏"的发髻,还抹了一点胭脂,眼色张皇,神情焦急,她问路,可是连一个准地名都说不清,一看就知道是大户人家逃出来的使女。黄海蛟和她攀谈了一会儿,这姑娘就表示愿意跟着他过。她叫莲子。——这地方丫头、使女多叫莲子。莲子和黄海蛟过了一年,给他生了个女儿。七月生的,生下的时候满天都是五色云彩,就取名叫做巧云。

莲子的手很巧,也勤快,只是爱穿件华丝葛的裤子,爱吃点瓜子零食,还爱唱"打牙牌"之类的小调:"凉月子一出照楼梢,打个呵欠伸懒腰,瞌睡子又上来了。哎哟,哎哟,瞌睡子又上来了……"这和大淖的乡风不大一样。

巧云三岁那年,她的妈莲子,终于和一个过路戏班子的一个唱小生的跑了。那天,黄海蛟正在马棚湾。莲子把黄海蛟的衣裳都浆洗了一遍,巧云的小衣裳也收拾在一边,焖了一锅饭,还给老黄打了半斤酒,把孩子托给邻居,说是她出门有点事,锁了门,从此就不知去向了。

巧云的妈跑了,黄海蛟倒没有怎么伤心难过。这种事情在大淖这个地方也值不得大惊小怪。养熟的鸟还有飞走的时候呢,何况是一个人!只是她留下的这块肉,黄海蛟实在是疼得不行。他不愿巧云在后娘的眼皮底下委委屈屈地生活,因此发心不再续娶。他就又当爹又当妈,和女儿巧云在一起过了十几年。他不愿巧云去挑扁担,巧云从十四岁就学会结鱼网和打芦席。

巧云十五岁,长成了一朵花。身材、脸盘都像妈。瓜子脸,一边有个很深的酒涡。眉毛黑如鸦翅,长入鬓角。眼角有点吊,是一双凤眼。睫毛很长,因此显得眼睛经常是眯䁔着;忽然回头,睁得大大的,带点吃惊而专注的神情,好像听到远处有人叫她似的。她在门外的两棵树杈之间结网,在淖边平地上织席,就有一些少年人装着有事的样子来来去去。她上街买东西,甭管是买肉、买菜,打油、打酒,撕布、量头绳,买梳头油、雪花膏,买石碱、浆块,同样的钱,她买回来,分量都比别人多,东西都比别人的好。这个奥秘早被大娘、大婶们发现,她们都托她买东西。只要巧云一上街,都挎了好几个竹篮,回来时压得两个胳臂酸疼酸疼。泰山庙唱戏,人家都自己扛了板凳去。巧云散着手就去了。一去了,总有人给她找一个得看的好座。台上的戏唱得正热闹,但是没有多少人叫好。因为好些人不是在看戏,是看她。

巧云十六了,该张罗着自己的事了。谁家会把这朵花迎走呢?炕房的老大?浆坊的老二?鲜货行的老三?他们都有这意思。这点意思黄海蛟知道了,巧云也知道。不然他们老到淖东头来回晃摇是干什么呢?但是巧云没怎么往心里去。

巧云十七岁,命运发生了一个急转直下的变化。她的父亲黄海蛟在一次挑重担上高跳时,一脚踏空,从三丈高的跳板上摔下来,摔断了腰。起初以为不要紧,养养就好了。不想喝了好多药酒,贴了好多膏药,还不见效。她爹半瘫了,他的腰再也直不起来了。他有时下床,扶着一个剃头担子上用的高板凳,格登格登地走一截,平常就只好半躺下靠在一摞被窝上。他不能用自己的肩膀为女儿挣几件新衣裳,买两枝花,却只能由女儿用一双手养活自己了。还不到五十岁的男子汉,只能做一点老太婆做的事:绩了一捆又一捆的供女儿结网用的麻线。事情很清楚:巧云不会撇下她这个老实可怜的残废爹。谁要愿意,只能上这家来当一个倒插门的养老女婿。谁愿意呢?这家的全部家产只有三间草屋(巧云和爹各住一间,当中是一个小小的堂屋)。老大、老二、老三时不时走来走去,拿眼睛瞟着隔着一层鱼网或者坐在雪白的芦席上的一个苗条的身子。他们的眼睛依然不缺乏爱慕,但是减少了几分急切。

老锡匠告诫十一子不要老往淖东头跑,但是小锡匠还短不了要来。大娘、大婶、姑娘、媳妇有旧壶翻新,总喜欢叫小锡匠来;从大淖过深巷上大街也要经过这里,巧云家门前的柳阴是一个等待雇主的好地方。巧云织席,十一子化锡,正好做伴。有时巧云停下活计,帮小锡匠拉风箱。有时巧云要回家看看她的残废爹,问他想不想吃烟喝水,小锡匠就压住炉里的火,帮她织一气席。巧云的手指划破了(织席很容易划破手,压扁的芦苇薄片,刀一样的锋快),十一子就帮她吮吸指头肚子上的血。巧云从十一子口里知道他家里的事:他是个独子,没有兄弟姐妹。他有一个老娘,守寡多年了。他娘在家给人家做针线,眼睛越来越不好,他很担心她有一天会瞎……

好心的大人路过时会想:这倒真是两只鸳鸯,可是配不成对。一家要招一个养老女婿,一家要接一个当家媳妇,弄不到一起。他们俩呢,只是很愿意在一处谈谈坐坐。都到岁数了,心里不是没有。只是像一片薄薄的云,飘过来,飘过去,下不成雨。

有一天晚上,好月亮,巧云到淖边一只空船上去洗衣裳(这里的船泊定后,把桨拖到岸上,寄放在熟人家,船就拴在那里,无人看管,谁都可以上去)。她正在船头把身子往前倾着,用力涮着一件大衣裳,一个不知轻重的顽皮野孩子轻轻走到她身后,伸出两手咯吱她的腰。她冷不防,一头栽进了水里。她本会一点水,但是一下子懵了。这几天水又大,流很急。她挣扎了两下,喊救人,接连喝了几口水。她被水冲走了!正赶上十一子在炕房门外土坪上打拳,看见一个人冲了过来,头发在水上漂着。他褪下鞋子,一猛子扎到水底,从水里把她托了起来。

十一子把她肚子里的水控了出来,巧云还是昏迷不醒。十一子只好把她横抱着,像抱一个婴儿似的,把她送回去。她浑身是湿的,软绵绵,热乎乎的。十一子觉得巧云紧紧挨着他,越挨越紧。十一子的心怦怦地跳。

到了家,巧云醒来了。(她早就醒来了!)十一子把她放在床上。巧云换了湿衣裳(月光照出她的美丽的少女的身体)。十一子抓一把草,给她熬了半锅子姜糖水,让她喝下去,就走了。

巧云起来关了门,躺下。她好像看见自己躺在床上的样子。月亮真好。

巧云在心里说:"你是个呆子!"

她说出声来了。

不大一会儿,她也就睡死了。

就在这一天夜里,另外一个人,拨开了巧云家的门。

五

由轮船公司对面的巷子转东大街,往西不远,有一个道士观,叫做炼阳观。现在没有道士了,里面住了不到一营水上保安队。这水上保安队是地方武装。他们名义上归县政府管辖,饷银却由县商会开销,水上保安队的任务是下乡剿土匪。这一带土匪很多,他们抢了人,绑了票,大都藏匿在芦荡湖泊中的船上(这地方到处是水),如遇追捕,便于脱逃。因此,地方绅商觉得很需要成立一个特殊的武装力量来对付这些成帮结伙的土匪。水上保安队装备是很好的。他们乘的船是"铁板划子"——船的三面都有半人高、三四分厚的铁板,子弹是打不透的。铁板划子就停在大淖岸边,样子很高傲。一有任务,就看见大兵们扛着两挺水机关,用箩筐抬着多半筐子弹(子弹不用箱装,却使箩抬,颇奇怪),上了船,开走了。

或七八天,或十天半月,他们得胜回来了(他们有铁板划子,又有水机关,对土匪有压倒优势,很少有伤亡)。铁板划子靠了岸,上岸列队,由深巷,上大街,直奔县政府。这队伍是四列纵队。前面是号队。这不到一营的人,却有十二支号。一上大街,就"打打打滴打大打滴大打",齐齐整整地吹起来。后面是全队弟兄,一律荷枪实弹。号队之后,大队之前的正中,是捉来的土匪。有时三个五个,有时只有一个,都是五花大绑。这队伍是很神气的。最妙的是被绑着的土匪也一律都合着号音,步伐整齐,雄赳赳气昂昂地走着。甚至值日官喊"一、二、三、四",他们也随着大声地喊。大队上街之前,要由地保事先通知沿街店铺,凡有鸟笼的(有的店铺是养八哥、画眉的),都要收起来,因为土匪大哥看见不高兴,这是他们忌讳的(他们到了县政府,都下在大狱里,看见笼中鸟,就无出狱希望了)。看看这样的铜号放光,刺刀雪亮,还夹着几个带有传奇色彩的土匪英雄的威武雄壮的队伍,是这条街上的民众的一件快乐事情。其快乐程度不下于看狮子、龙灯、高跷、抬阁,和僧道齐全、六十四杠的大出丧。

除了下乡办差,保安队的弟兄们没有什么事。他们除了把两挺水机关扛到大淖边突突地打两梭(把淖岸上的泥土打得簌簌地往下掉),平常是难得出操、打野外的。使人们感觉到这营把人的存在的,是这十二个号兵早晚练号。早晨八九点钟,下午四五点钟,他们就到大淖边来了。先是拔长音,然后各自吹几段,最后是合吹进行曲、三环号(他们吹三环号只是吹着玩,因为从来没有接受检阅的时候)。吹完号,就解散,想干什么干什么。有的,就轻手轻脚,走进一家的门外,咳嗽一声,随着,走了进去,门就关起来了。

这些号兵大都衣着整齐,干净爱俏。他们除了吹吹号,整天无事干,有的是闲空。他们的钱来得容易,——饷钱倒不多,但每次下乡,总有犒赏;有时与土匪遭遇,双方谈条件,也常从对方手中得到一笔钱,手面很大方,花钱不在乎。他们是保护地方绅商的军人,身后有靠山,即或出一点什么事,谁也无奈他何。因此,这些大爷就觉得不风流风流,实在对不起自己,也辜负了别人。

十二个号兵,有一个号长,姓刘,大家都叫他刘号长。这刘号长前后跟大淖几家的媳妇都很熟。

拨开巧云家的门的,就是这个号长!

号长走的时候留下十块钱。

这种事在大淖不是第一次发生。巧云的残废爹当时就知道了。他拿着这十块钱,只是长长地叹了一口气。邻居们知道了,姑娘、媳妇并未多议论,只骂了一句:"这个该死的!"

巧云破了身子,她没有淌眼泪,更没有想到跳到淖里淹死。人生在世,总有这么一遭!只是为什么是这个人?真不该是这个人!怎么办?拿把菜刀杀了他?放火烧了炼阳观?不行!她还有个残废爹。她怔怔地坐在床上,心里乱糟糟的。她想起该起来烧早饭了。她还得结网,织席,还得上街。她想起小时候上人家看新娘子,新娘子穿了一双粉红的缎子花鞋。她想起她的远在天边的妈。也记不得妈的样子,只记得妈用一个筷子头蘸了胭脂给她点了一点眉心红。她拿起镜子照照,她好像第一次看清楚自己的模样。她想起十一子给她吮手指上的血,这血一定是咸的。她觉得对不起十一子,好像自己做错了什么事。她非常失悔:没有把自己给了十一子!

她的这个念头越来越强烈。这个号长来一次,她的念头就更强烈一分。

水上保安队又下乡了。

一天,巧云找到十一子,说:"晚上你到大淖东边来,我有话跟你说。"

十一子到了淖边。巧云踏在一只"鸭撇子"上(放鸭子用的小船,极小,仅容一人。这是一只公船,平常就拴在淖边。大淖人谁都可以撑着它到沙洲上挑蒌蒿,割茅草,拣野鸭蛋),把篙子一点,撑向淖中央的沙洲,对十一子说:"你来!"

过了一会,十一子泅水到了沙洲上。

他们在沙洲的茅草丛里一直待到月到中天。

月亮真好啊!

六

十一子和巧云的事,师兄们都知道,只瞒着老锡匠一个人。他们偷偷地给他留着门,在门窝子里倒了水(这样推门进来没有声音)。十一子常常到天快亮的时候才回来。有一天,又是这时候才推开门。刚刚要钻被窝,听见老锡匠说:

"你不要命啦!"

这种事情怎么瞒得住人呢?终于,传到刘号长的耳朵里。其实没有人跟他嚼舌头,刘号长自己还不知道?巧云看见他都讨厌,她的全身都是冷淡的。刘号长咽不下这口气。本来,他跟巧云又没有拜过堂,完过花烛,闲花野草,断了就断了。可是一个小锡匠,夺走了他的人,这丢了当兵的脸。太岁头上动土,这还行!这种事从来没有发生过。连保安队的弟兄也都觉得面上无光,在人前矬了一截。他是只许自己在别人头上拉屎撒尿,不许别人在他脸上溅一星唾沫的。若是闭着眼过去,往后,保安队的人还混不混了?

有一天,天还没亮,刘号长带了几个弟兄,踢开巧云家的门,从被窝里拉起了小锡匠,把他捆了起来。把黄海蛟、巧云的手脚也都捆了,怕他们去叫人。

他们把小锡匠弄到泰山庙后面的坟地里,一人一根棍子,搂头盖脸地打他。

他们要小锡匠卷铺盖走人,回他的兴化,不许再留在大淖。

小锡匠不说话。

他们要小锡匠答应不再走进黄家的门,不挨巧云的身子。

小锡匠还是不说话。

他们要小锡匠告一声饶,认一个错。

小锡匠的牙咬得紧紧的。

小锡匠的硬挣把这些向来是横着膀子走路的家伙惹怒了,"你这样硬!打不死你!"——"打!"七八根棍子风一样、雨一样打在小锡匠的身上。

小锡匠被他们打死了。

锡匠们听说十一子被保安队的人绑走了,他们四处找,找到了泰山庙。

老锡匠用手一探,十一子还有一丝悠悠气。老锡匠叫人赶紧去找陈年的尿桶。他经验过这种事,打死的人,只有喝了从桶里刮出来的尿碱,才有救。

十一子的牙关咬得很紧,灌不进去。

巧云捧了一碗尿碱汤,在十一子的耳边说:"十一子,十一子,你喝了!"

十一子微微听见一点声音,他睁了睁眼。巧云把一碗尿碱汤灌进了十一子的喉咙。

不知道为什么,她自己也尝了一口。

锡匠们摘了一块门板,把十一子放在门板上,往家里抬。

他们抬着十一子,到了大淖东头,还要往西走。巧云拦住了:

"不要。抬到我家里。"

老锡匠点点头。

巧云把屋里存着的鱼网和芦席都拿到街上卖了,买了七厘散,医治十一子身子里的瘀血。

东头的几家大娘、大婶杀了下蛋的老母鸡,给巧云送来了。

锡匠们凑了钱,买了人参,熬了参汤。

挑夫,锡匠,姑娘,媳妇,川流不息地来看望十一子。他们把平时在辛苦而单调的生活中不常表现的热情和好心都拿出来了。他们觉得十一子和巧云做的事都很应该,很对。大淖出了这样一对年轻人,使他们觉得骄傲。大家的心喜洋洋,热乎乎的,好像在过年。

刘号长打了人,不敢再露面。他那几个弟兄也都躲在保安队的队部里不出来。保安队的门口加了双岗。这些好汉原来都是一窝"草鸡"!

锡匠们开了会。他们向县政府递了呈子,要求保安队把姓刘的交出来。

县政府没有答复。

锡匠们上街游行。这个游行队伍是很多人从未见过的。没有旗子,没有标语,就是二十来个锡匠挑着二十来副锡匠担子,在全城的大街上慢慢地走。这是个沉默的队伍,但是非常严肃。他们表现出不可侵犯的威严和不可动摇的决心。这个带有中世纪行帮色彩的游行队伍十分动人。

游行继续了三天。

第三天,他们举行了"顶香请愿"。二十来个锡匠,在县政府照壁前坐着,每人头上用木盘顶着一炉炽旺的香。这是一个古老的风俗:民有沉冤,官不受理,被逼急了的百姓可以用香火把县大堂烧了,据说这不算犯法。

这条规矩不载于《六法全书》,现在不是大清国,县政府可以不理会这种"陋习"。但是这些锡匠是横了心的,他们当真干起来,后果是严重的。县长邀请县里的绅商商议,一致认为这件事不能再不管。于是由商会会长出面,约请了有关的人:一个承审——作为县长代表,保安队的副官,老锡匠和另外两个年长的锡匠,还有代表挑夫的黄海龙,四邻见证——卖眼镜的宝应人,卖天竺筷的杭州人,在一家大茶馆里举行会谈,来"了"这件事。

会谈的结果是:小锡匠养伤的药钱由保安队负担(实际是商会拿钱),刘号长驱逐出境。由刘号长画押具结。老锡匠觉得这样就给锡匠和挑夫都挣了面子,可以见好就收了。只是要求在刘某人的甘结上写上一条:如果他再踏进县城一步,任凭老锡匠一个人把他收拾了!

过了两天,刘号长就由两个弟兄持枪护送,悄悄地走了。他被调到三垛去当了税警。

十一子能进一点饮食,能说话了。巧云问他:

"他们打你,你只要说不再进我家的门,就不打你了,你就不会吃这样大的苦了。你为什么不说?"

"你要我说么?"

"不要。"

"我知道你不要。"

"你值么?"

"我值。"

"十一子,你真好!我喜欢你!你快点好。"

"你亲我一下,我就好得快。"

"好,亲你!"

巧云一家有了三张嘴。两个男的不能挣钱,但要吃饭。大淖东头的人家就没有积蓄,也没有什么东西可以变卖典押。结鱼网,打芦席,都不能当时见钱。十一子的伤一时半会不会好,日子长了,怎么过呢?巧云没有经过太多考虑,把爹用过的筜筐找出来,磕磕尘土,就去挑担挣"活钱"去了。姑娘媳妇都很佩服她。起初她们怕她挑不惯,后来看她脚下很快,很匀,也就放心了。从此,巧云就和邻居的姑娘媳妇在一起,挑着紫红的荸荠、碧绿的菱角、雪白的连枝藕,风摆柳似的穿街过市,发髻的一侧插着大红花。她的眼睛还是那么亮,长睫毛忽扇忽扇的。但是眼神显得更深沉,更坚定了。她从一个姑娘变成了一个很能干的小媳妇。

十一子的伤会好么?

会。

当然会!

一九八一年二月四日,
旧历大年三十

受戒

明海出家已经四年了。

他是十三岁来的。

这个地方的地名有点怪,叫庵赵庄。赵,是因为庄上大都姓赵。叫做庄,可是人家住得很分散,这里两三家,那里两三家。一出门,远远可以看到,走起来得走一会,因为没有大路,都是弯弯曲曲的田埂。庵,是因为有一个庵。庵叫菩提庵,可是大家叫讹了,叫成荸荠庵。连庵里的和尚也这样叫。"宝刹何处?"——"荸荠庵。"庵本来是住尼姑的。"和尚庙"、"尼姑庵"嘛。可是荸荠庵住的是和尚。也许因为荸荠庵不大,大者为庙,小者为庵。

明海在家叫小明子。他是从小就确定要出家的。他的家乡不叫"出家",叫"当和尚"。他的家乡出和尚。就像有的地方出劁猪的,有的地方出织席子的,有的地方出箍桶的,有的地方出弹棉花的,有的地方出画匠,有的地方出婊子,他的家乡出和尚。人家弟兄多,就派一个出去当和尚。当和尚也要通过关系,也有帮。

这地方的和尚有的走得很远。有到杭州灵隐寺的、上海静安寺的、镇江金山寺的、扬州天宁寺的。一般的就在本县的寺庙。明海家田少，老大、老二、老三，就足够种的了。他是老四。他七岁那年，他当和尚的舅舅回家，他爹、他娘就和舅舅商议，决定叫他当和尚。他当时在旁边，觉得这实在是在情在理，没有理由反对。当和尚有很多好处。一是可以吃现成饭。哪个庙里都是管饭的。二是可以攒钱。只要学会了放瑜伽焰口，拜梁皇忏，可以按例分到辛苦钱。积攒起来，将来还俗娶亲也可以；不想还俗，买几亩田也可以。当和尚也不容易，一要面如朗月，二要声如钟磬，三要聪明记性好。他舅舅给他相了相面，叫他前走几步，后走几步，又叫他喊了一声赶牛打场的号子："格当嘚——"说是"明子准能当个好和尚，我包了！"要当和尚，得下点本，——念几年书。哪有不认字的和尚呢！于是明子就开蒙入学，读了《三字经》、《百家姓》、《四言杂字》、《幼学琼林》、《上论、下论》、《上孟、下孟》，每天还写一张仿。村里都夸他字写得好，很黑。

舅舅按照约定的日期又回了家，带了一件他自己穿的和尚领的短衫，叫明子娘改小一点，给明子穿上。明子穿了这件和尚短衫，下身还是在家穿的紫花裤子，赤脚穿了一双新布鞋，跟他爹、他娘磕了一个头，就随舅舅走了。

他上学时起了个学名，叫明海。舅舅说，不用改了。于是"明海"就从学名变成了法名。

过了一个湖。好大一个湖！穿过一个县城。县城真热闹：官盐店,税务局,肉铺里挂着成边的猪,一个驴子在磨芝麻,满街都是小磨香油的香味,布店,卖茉莉粉、梳头油的什么斋,卖绒花的,卖丝线的,打把式卖膏药的,吹糖人的,耍蛇的……他什么都想看看。舅舅一劲地推他:"快走!快走!"

到了一个河边,有一只船在等着他们。船上有一个五十来岁的瘦长瘦长的大伯,船头蹲着一个跟明子差不多大的女孩子,在剥一个莲蓬吃。明子和舅舅坐到舱里,船就开了。

明子听见有人跟他说话,是那个女孩子。

"是你要到荸荠庵当和尚吗?"

明子点点头。

"当和尚要烧戒疤呕!你不怕?"

明子不知道怎么回答,就含含糊糊地摇了摇头。

"你叫什么?"

"明海。"

"在家的时候?"

"叫明子。"

"明子!我叫小英子!我们是邻居。我家挨着荸荠庵。——给你!"

小英子把吃剩的半个莲蓬扔给明海,小明子就剥开莲蓬壳,一颗一颗吃起来。

大伯一桨一桨地划着,只听见船桨拨水的声音:

"哗——许!哗——许!"

荸荠庵的地势很好,在一片高地上。这一带就数这片地势高,当初建庵的人很会选地方。门前是一条河。门外是一片很大的打谷场。三面都是高大的柳树。山门里是一个穿堂。迎门供着弥勒佛。不知是哪一位名士撰写了一副对联:

　　大肚能容容天下难容之事
　　开颜一笑笑世间可笑之人

弥勒佛背后,是韦驮。过穿堂,是一个不小的天井,种着两棵白果树。天井两边各有三间厢房。走过天井,便是大殿,供着三世佛。佛像连龛才四尺来高。大殿东边是方丈,西边是库房。大殿东侧,有一个小小的六角门,白门绿字,刻着一副对联:

　　一花一世界
　　三藐三菩提

进门有一个狭长的天井,几块假山石,几盆花,有三间小房。

小和尚的日子清闲得很。一早起来,开山门,扫地。庵里的地铺的都是箩底方砖,好扫得很,给弥勒佛、韦驮烧一炷香,正殿的三世佛面前也烧一炷香、磕三个头、念三声"南无阿弥陀佛",敲三声磬。这庵里的和尚不兴做什么早课、晚课,明子这三声磬就全部代替了。然后,挑水,喂猪。然后,等当家和尚,即明子的舅舅起来,教他念经。

教念经也跟教书一样,师父面前一本经,徒弟面前一本经,师父唱一句,徒弟跟着唱一句。是唱哎。舅舅一边唱,一边还用手在桌上拍板。一板一眼,拍得很响,就跟教唱戏一样。是跟教唱戏一样,完全一样哎。连用的名词都一样。舅舅说,念经:一要板眼准,二要合工尺。说:当一个好和尚,得有条好嗓子。说:民国二十年闹大水,运河倒了堤,最后在清水潭合龙,因为大水淹死的人很多,放了一台大焰口,十三大师——十三个正座和尚,各大庙的方丈都来了,下面的和尚上百。谁当这个首座?推来推去,还是石桥——善因寺的方丈!他往上一坐,就跟地藏王菩萨一样,这就不用说了;那一声"开香赞",围看的上千人立时鸦雀无声。说:嗓子要练,夏练三伏,冬练三九,要练丹田气!说:要吃得苦中苦,方为人上人!说:和尚里也有状元、榜眼、探花!要用心,不要贪玩!舅舅这一番大法要说得明海和尚实在是五体投地,于是就一板一眼地跟着舅舅唱起来:

"炉香乍爇——"

"炉香乍爇——"

"法界蒙薰——"

"法界蒙薰——"

"诸佛现金身……"

"诸佛现金身……"

……

等明海学完了早经——他晚上临睡前还要学一段,叫做晚经——荸荠庵的师父们就都陆续起床了。

这庵里人口简单,一共六个人。连明海在内,五个和尚。

有一个老和尚,六十几了,是舅舅的师叔,法名普照,但是知道的人很少,因为很少人叫他法名,都称之为老和尚或老师父,明海叫他师爷爷。这是个很枯寂的人,一天关在房里,就是那"一花一世界"里。也看不见他念佛,只是那么一声不响地坐着。他是吃斋的,过年时除外。

下面就是师兄弟三个,仁字排行:仁山、仁海、仁渡。庵里庵外,有的称他们为大师父、二师父;有的称之为山师父、海师父。只有仁渡,没有叫他"渡师父"的,因为听起来不像话,大都直呼之为仁渡。他也只配如此,因为他还年轻,才二十多岁。

仁山,即明子的舅舅,是当家的。不叫"方丈",也不叫"住持",却叫"当家的",是很有道理的,因为他确确实实干的是当家的职务。他屋里摆的是一张账桌,桌子上放的是账簿和算盘。账簿共有三本。一本是经账,一本是租账,一本是债账。和尚要做法事,做法事要收钱,——要不,当和尚干什么?常做的法事是放焰口。正规的焰口是十个人。一个正座,一个敲鼓的,两边一边四个。人少了,八个,一边三个,也凑合了。荸荠庵只有四个和尚,要放整焰口就得和别的庙里合伙。这样的时候也有过。通常只是放半台焰口。一个正座,一个敲鼓,另外一边一个。一来找别的庙里合伙费事;二来这一带放得起整焰口的人家也不多。有的时候,谁家死了人,就只请两个,甚至一个和尚咕噜咕噜念一通经,敲打几声法器就算完事。很多人家的经钱不是当时就给,往往要等秋后才还。这就得记账。另外,和尚放焰口的辛苦钱不是一样的。就像唱戏一样,有份子。正座第一份。因为他要领唱,而且还要独唱。当中有一大段"叹骷髅",别的和尚都放下法器休息,只有首座一个人有板有眼地曼声吟唱。第二份是敲鼓的。你以为这容易呀?哼,单是一开头的"发擂",手上没功夫就敲不出迟疾顿挫!其余的,就一样了。这也得记上:某月某日、谁家焰口半台,谁正座,谁敲鼓……省得到年底结账时赌咒骂娘。这庵里有几十亩庙产,租给人种,到时候要收租。庵里还放债。租、债一向倒很少亏欠,因为租佃借钱的人怕菩萨不高兴。这三本账就够仁山忙的了。另外香烛、打火、油盐"福食",这也得随时记记账呀。除了账簿之外,山师父的方丈的墙上还挂着一块水牌,上漆四个红字:"勤笔免思"。

仁山所说当一个好和尚的三个条件,他自己其实一条也不具备。他的相貌只要用两个字就说清楚了:黄、胖。声音也不像钟磬,倒像母猪。聪明么?难说,打牌老输。他在庵里从不穿袈裟,连海青直裰也免了。经常是披着件短僧衣,袒露着一个黄色的肚子。下面是光脚趿拉着一双僧鞋——新鞋他也是趿拉着。他一天就是这样不衫不履地这里走走,那里走走,发出母猪一样的声音:"呣——呣——"

二师父仁海。他是有老婆的。他老婆每年夏秋之间来住几个月,因为庵里凉快。庵里有六个人,其中之一,就是这位和尚的家眷。仁山、仁渡叫她嫂子，明海叫她师娘。这两口子都很爱干净，整天的洗涮。傍晚的时候，坐在天井里乘凉。白天，闷在屋里不出来。

　　三师父是个很聪明精干的人。有时一笔账大师兄扒了半天算盘也算不清，他眼珠子转两转，早算得一清二楚。他打牌赢的时候多，二三十张牌落地，上下家手里有些什么牌，他就差不多都知道了。他打牌时，总有人爱在他后面看歪头胡。谁家约他打牌，就说"想送两个钱给你"。他不但经忏俱通（小庙的和尚能够拜忏的不多），而且身怀绝技，会"飞铙"。七月间有些地方做盂兰会，在旷地上放大焰口，几十个和尚，穿绣花袈裟，飞铙。飞铙就是把十多斤重的大铙钹飞起来。到了一定的时候，全部法器皆停，只几十副大铙紧张急促地敲起来。忽然起手，大铙向半空中飞去，一面飞，一面旋转。然后，又落下来，接住。接住不是平平常常地接住，有各种架势，"犀牛望月"、"苏秦背剑"……这哪是念经，这是耍杂技。也许是地藏王菩萨爱看这个，但真正因此快乐起来的是人，尤其是妇女和孩子。这是年轻漂亮的和尚出风头的机会。一场大焰口过后，也像一个好戏班子过后一样，会有一个两个大姑娘、小媳妇失踪——跟和尚跑了。他还会放"花焰口"。有的人家，亲戚中多风流子弟，在不是很哀伤的佛事——如做冥寿时，就会提出放花焰口。所谓"花焰口"就是在正焰口之后，叫和尚唱小调，拉丝弦，吹管笛，敲鼓板，而且可以点唱。仁渡一个人可以唱一夜不重头。仁渡前几年一直在外面，近二年才常住在庵里。据说他有相好的,而且不止一个。他平常可是很规矩,看到姑娘媳妇总是老老实实的,连一句玩笑话都不说,一句小调山歌都不唱。有一回,在打谷场上乘凉的时候,一伙人把他围起来,非叫他唱两个不可。他却情不过,说:"好,唱一个。不唱家乡的。家乡的你们都熟,唱个安徽的。"

　　姐和小郎打大麦,
　　一转子讲得听不得。
　　听不得就听不得,
　　打完了大麦打小麦。

唱完了,大家还嫌不够,他就又唱了一个:

　　姐儿生得漂漂的,
　　两个奶子翘翘的。
　　有心上去摸一把,
　　心里有点跳跳的。

……

这个庵里无所谓清规,连这两个字也没人提起。

仁山吃水烟,连出门做法事也带着他的水烟袋。

他们经常打牌。这是个打牌的好地方。把大殿上吃饭的方桌往门口一搭,斜放着,就是牌桌。桌子一放好,仁山就从他的方丈里把筹码拿出来,哗啦一声倒在桌上。斗纸牌的时候多,搓麻将的时候少。牌客除了师兄弟三人,常来的是一个收鸭毛的,一

个打兔子兼偷鸡的,都是正经人。收鸭毛的担一副竹筐,串乡串镇,拉长了沙哑的声音喊叫:

"鸭毛卖钱——!"

偷鸡的有一件家什——铜蜻蜓。看准了一只老母鸡,把铜蜻蜓一丢,鸡婆子上去就是一口。这一啄,铜蜻蜓的硬簧绷开,鸡嘴撑住了,叫不出来了。正在这鸡十分纳闷的时候,上去一把薅住。

明子曾经跟这位正经人要过铜蜻蜓看看。他拿到小英子家门前试了一试,果然!小英子的娘知道了,骂明子:

"要死了!儿子!你怎么到我家来玩铜蜻蜓了!"

小英子跑过来:

"给我!给我!"

她也试了试,真灵,一个黑母鸡一下子就把嘴撑住,傻了眼了!

下雨阴天,这二位就光临荸荠庵,消磨一天。

有时没有外客,就把老师叔也拉出来,打牌的结局,大都是当家和尚气得鼓鼓的:"×妈妈的!又输了!下回不来了!"

他们吃肉不瞒人。年下也杀猪。杀猪就在大殿上。一切都和在家人一样,开水、水桶、尖刀。捆猪的时候,猪也是没命地叫。跟在家人不同的,是多一道仪式,要给即将升天的猪念一道"往生咒",并且总是老师叔念,神情很庄重:

"……一切胎生、卵生、息生,来从虚空来,还归虚空去,往生再世,皆当欢喜。南无阿弥陀佛!"

三师父仁渡一刀子下去,鲜红的猪血就带着很多沫子喷出来。

……

明子老往小英子家里跑。

小英子的家像一个小岛,三面都是河,西面有一条小路通到荸荠庵。独门独户,岛上只有这一家。岛上有六棵大桑树,夏天都结大桑椹,三棵结白的,三棵结紫的;一个菜园子,瓜豆蔬菜,四时不缺。院墙下半截是砖砌的,上半截是泥夯的。大门是桐油油过的,贴着一副万年红的春联:

向阳门第春常在

积善人家庆有余

门里是一个很宽的院子。院子里一边是牛屋、碓棚;一边是猪圈、鸡窠,还有个关鸭子的栅栏。露天地放着一具石磨。正北面是住房,也是砖基土筑,上面盖的一半是瓦,一半是草。房子翻修了才三年,木料还露着白茬。正中是堂屋,家神菩萨的画像上贴的金还没有发黑。两边是卧房。隔扇窗上各嵌了一块一尺见方的玻璃,明亮亮的——这在乡下是不多见的。房檐下一边种着一棵石榴树,一边种着一棵栀子花,都齐房檐高了。夏天开了花,一红一白,好看得很。栀子花香得冲鼻子。顺风的时候,在荸荠庵都闻得见。

这家人口不多。他家当然是姓赵。一共四口人：赵大伯、赵大妈，两个女儿，大英子、小英子。老两口没得儿子。因为这些年人不得病，牛不生灾，也没有大旱大水闹蝗虫，日子过得很兴旺。他们家自己有田，本来够吃的了，又租种了庵上的十亩田。自己的田里，一亩种了荸荠——这一半是小英子的主意，她爱吃荸荠，一亩种了茨菇。家里喂了一大群鸡鸭，单是鸡蛋鸭毛就够一年的油盐了。赵大伯是个能干人。他是一个"全把式"，不但田里场上样样精通，还会罩鱼、洗磨、凿砻、修水车、修船、砌墙、烧砖、箍桶、劈篾、绞麻绳。他不咳嗽，不腰疼，结结实实，像一棵榆树。人很和气，一天不声不响。赵大伯是一棵摇钱树，赵大娘就是个聚宝盆。大娘精神得出奇。五十岁了，两个眼睛还是清亮亮的。不论什么时候，头都是梳得滑滴滴的，身上衣服都是格挣挣的。像老头子一样，她一天不闲着。煮猪食，喂猪，腌咸菜——她腌的咸萝卜干非常好吃——舂粉子，磨小豆腐，编蓑衣，织芦箔。她还会剪花样子。这里嫁闺女，陪嫁妆，磁坛子、锡罐子，都要用梅红纸剪出吉祥花样，贴在上面，讨个吉利，也才好看："丹凤朝阳"呀、"白头到老"呀、"子孙万代"呀、"福寿绵长"呀。二三十里的人家都来请她："大娘，好日子是十六，你哪天去呀？"——"十五，我一大清早就来！"

"一定呀！"——"一定！一定！"

两个女儿，长得跟她娘像一个模子里托出来的。眼睛长得尤其像，白眼珠鸭蛋青，黑眼珠棋子黑，定神时如清水，闪动时像星星。浑身上下,头是头,脚是脚。头发滑滴滴的,衣服格挣挣的。——这里的风俗,十五六岁的姑娘就都梳上头了。这两个丫头,这一头的好头发!通红的发根,雪白的簪子!娘女三个去赶集,一集的人都朝她们望。

姐妹俩长得很像,性格不同。大姑娘很文静,话很少,像父亲。小英子比她娘还会说,一天咭咭呱呱地不停。大姐说:

"你一天到晚咭咭呱呱——"

"像个喜鹊!"

"你自己说的!——吵得人心乱!"

"心乱?"

"心乱!"

"你心乱怪我呀!"

二姑娘话里有话。大英子已经有了人家。小人她偷偷地看过,人很敦厚,也不难看,家道也殷实,她满意。已经下过小定,日子还没有定下来。她这二年,很少出房门,整天赶她的嫁妆。大裁大剪,她都会。挑花绣花,不如娘。可她又嫌娘出的样子太老了。她到城里看过新娘子,说人家现在绣的都是活花活草。这可把娘难住了。最后是"喜鹊"忽然一拍屁股:"我给你保举一个人!"

这人是谁?是明子。明子念"上孟下孟"的时候,不知怎么得了半套《芥子园》,他喜欢得很。到了荸荠庵,他还常翻出来看,有时还把旧帐簿子翻过来,照着描。小英子说:

"他会画！画得跟活的一样！"

小英子把明海请到家里来，给他磨墨铺纸，小和尚画了几张，大英子喜欢得了不得：

"就是这样！就是这样！这就可以乱孱！"——所谓"乱孱"是绣花的一种针法：绣了第一层，第二层的针脚插进第一层的针缝，这样颜色就可由深到淡，不露痕迹，不像娘那一代绣的花是平针，深浅之间，界限分明，一道一道的。小英子就像个书童，又像个参谋：

"画一朵石榴花！"

"画一朵栀子花！"

她把花掐来，明海就照着画。

到后来，凤仙花、石竹子、水蓼、淡竹叶、天竺果子、腊梅花，他都能画。

大娘看着也喜欢，搂住明海的和尚头：

"你真聪明！你给我当一个干儿子吧！"

小英子捺住他的肩膀，说：

"快叫！快叫！"

小明子跪在地下磕了一个头，从此就叫小英子的娘做干娘。

大英子绣的三双鞋，三十里方圆都传遍了。很多姑娘都走路坐船来看。看完了，就说："啧啧啧，真好看！这哪是绣的，这是一朵鲜花！"她们就拿了纸来央大娘求了小和尚来画。有求画帐檐的，有求画门帘飘带的，有求画鞋头花的。每回明子来画花，小英子就给他做点好吃的,煮两个鸡蛋,蒸一碗芋头,煎几个藕团子。

因为照顾姐姐赶嫁妆,田里的零碎生活小英子就全包了。她的帮手,是明子。

这地方的忙活是栽秧、车高田水、薅头遍草,再就是割稻子、打场了。这几茬重活,自己一家是忙不过来的。这地方兴换工。排好了日期,几家顾一家,轮流转。不收工钱,但是吃好的。一天吃六顿,两头见肉,顿顿有酒。干活时,敲着锣鼓,唱着歌,热闹得很。其余的时候,各顾各,不显得紧张。

薅三遍草的时候,秧已经很高了,低下头看不见人。一听见非常脆亮的嗓子在一片浓绿里唱:

栀子哎开花哎六瓣头哎……
姐家哎门前哎一道桥哎……

明海就知道小英子在哪里,三步两步就赶到,赶到就低头薅起草来。傍晚牵牛"打汪",是明子的事。——水牛怕蚊子。这里的习惯,牛卸了轭,饮了水,就牵到一口和好泥水的"汪"里,由它自己打滚扑腾,弄得全身都是泥浆,这样蚊子就咬不透了。低田上水,只要一挂十四轧的水车,两个人车半天就够了。明子和小英子就伏在车杠上,不紧不慢地踩着车轴上的拐子,轻轻地唱着明海向三师父学来的各处山歌。打场的时候,明子能替赵大伯一会,让他回家吃饭。——赵家自己没有场,每年都在荸荠庵外面的场上打谷子。他一扬鞭子,喊起了打场号子:

"格当嘚——"

这打场号子有音无字,可是九转十三弯,比什么山歌号子都好听。赵大娘在家,听见明子的号子,就侧起耳朵:

"这孩子这条嗓子!"

连大英子也停下针线:

"真好听!"

小英子非常骄傲地说:

"一十三省数第一!"

晚上,他们一起看场。——荸荠庵收来的租稻也晒在场上。他们并肩坐在一个石磙子上,听青蛙打鼓,听寒蛇唱歌——这个地方以为蝼蛄叫是蚯蚓叫,而且叫蚯蚓叫"寒蛇"——听纺纱婆子不停地纺纱,"咚——",看萤火虫飞来飞去,看天上的流星。

"呀!我忘了在裤带上打一个结!"小英子说。

这里的人相信,在流星掉下来的时候在裤带上打一个结,心里想什么好事,就能如愿。

……

"捏"荸荠,这是小英子最爱干的生活。秋天过去了,地净场光,荸荠的叶子枯了——荸荠的笔直的小葱一样的圆叶子里是一格一格的,用手一捋,哔哔地响,小英子最爱捋着玩,——荸荠藏在烂泥里。赤了脚,在凉浸浸滑溜溜的泥里踩着,——哎,一个硬疙瘩!伸手下去,一个红紫红紫的荸荠。她自己爱干这生活,还拉了明子一起去。她老是故意用自己的光脚去踩明子的脚。

她挎着一篮子荸荠回去了,在柔软的田埂上留了一串脚印。明海看着她的脚印,傻了。五个小小的趾头,脚掌平平的,脚跟细细的,脚弓部分缺了一块。明海身上有一种从来没有过的感觉,他觉得心里痒痒的。这一串美丽的脚印把小和尚的心搞乱了。

……

明子常搭赵家的船进城,给庵里买香烛,买油盐。闲时是赵大伯划船;忙时是小英子去,划船的是明子。

从庵赵庄到县城,当中要经过一片很大的芦花荡子。芦苇长得密密的,当中一条水路,四边不见人。划到这里,明子总是无端端地觉得心里很紧张,他就使劲地划桨。

小英子喊起来:

"明子!明子!你怎么啦?你发疯啦?为什么划得这么快?"

……

明海到善因寺去受戒。

"你真的要去烧戒疤呀?"

"真的。"

"好好的头皮上烧十二个洞,那不疼死啦?"

"咬咬牙。舅舅说这是当和尚的一大关,总要过的。"

"不受戒不行吗?"

"不受戒的是野和尚。"

"受了戒有啥好处?"

"受了戒就可以到处云游,逢寺挂褡。"

"什么叫'挂褡'?"

"就是在庙里住。有斋就吃。"

"不把钱?"

"不把钱。有法事,还得先尽外来的师父。"

"怪不得都说'远来的和尚会念经'。就凭头上这几个戒疤?"

"还要有一份戒牒。"

"闹半天,受戒就是领一张和尚的合格文凭呀!"

"就是!"

"我划船送你去。"

"好。"

小英子早早就把船划到荸荠庵门前。不知是什么道理,她兴奋得很。她充满了好奇心,想去看看善因寺这座大庙,看看受戒是个啥样子。

善因寺是全县第一大庙,在东门外,面临一条水很深的护城河,三面都是大树,寺在树林子里,远处只能隐隐约约看到一点金碧辉煌的屋顶,不知道有多大。树上到处挂着"谨防恶犬"的牌子。这寺里的狗出名的厉害。平常不大有人进去。放戒期间,任人游看,恶狗都锁起来了。

好大一座庙!庙门的门槛比小英子的胯膝都高。迎门矗着两块大牌,一边一块,一块写着斗大两个大字"放戒",一块是"禁止喧哗"。这庙里果然是气象庄严,到了这里谁也不敢大声咳嗽。

明海自去报名办事,小英子就到处看看。好家伙,这哼哈二将、四大天王,有三丈多高,都是簇新的,才装修了不久。天井有二亩地大,铺着青石,种着苍松翠柏。"大雄宝殿",这才真是个"大殿"!一进去,凉飕飕的。到处都是金光耀眼。释迦牟尼佛坐在一个莲花座上,单是莲座,就比小英子还高。抬起头来也看不全他的脸,只看到一个微微闭着的嘴唇和胖墩墩的下巴。两边的两根大红蜡烛,一搂多粗。佛像前的大供桌上供着鲜花、绒花、绢花,还有珊瑚树、玉如意、整棵的大象牙。香炉里烧着檀香。小英子出了庙,闻着自己的衣服都是香的。挂了好些幡。这些幡不知是什么缎子的,那么厚重,绣的花真细。这么大一口磬,里头能装五担水!这么大一个木鱼,有一头牛大,漆得通红的。她又去转了转罗汉堂,爬到千佛楼上看了看。真有一千个小佛!她还跟着一些人去看了看藏经楼。藏经楼没有什么看头,都是经书!妈吔!逛了这么一圈,腿都酸了。小英子想起还要给家里打油,替姐姐配丝线,给娘买鞋面布,给自己买两个坠围裙飘带的银蝴蝶,给爹买旱烟,就出庙了。

等把事情办齐,晌午了。她又到庙里看了看,和尚正在吃粥。好大一个"膳堂",坐得下八百个和尚。吃粥也有这样多讲究:正面法座上摆着两个锡胆瓶,里面插着红绒花,后面盘膝坐着一个穿了大红满金绣袈裟的和尚,手里拿了戒尺。这戒尺是要打人的。哪个和尚吃粥吃出了声音,他下来就是一戒尺。不过他并不真的打人,只是做个样子。真稀奇,那么多的和尚吃粥,竟然不出一点声音!她看见明子也坐在里面,想跟他打个招呼又不好打。想了想,管他禁止不禁止喧哗,就大声喊了一句:"我走啦!"她看见明子目不斜视地微微点了点头,就不管很多人都朝自己看,大摇大摆地走了。

第四天一大清早小英子就去看明子。她知道明子受戒是第三天半夜,——烧戒疤是不许人看的。她知道要请老剃头师傅剃头,要剃得横摸顺摸都摸不出头发茬子,要不然一烧,就会"走"了戒,烧成了一片。她知道是用枣泥子先点在头皮上,然后用香头子点着。她知道烧了戒疤就喝一碗蘑菇汤,让它"发",还不能躺下,要不停地走动,叫做"散戒"。这些都是明子告诉她的。明子是听舅舅说的。

她一看,和尚真在那里"散戒",在城墙根底下的荒地里。一个一个,穿了新海青,光光的头皮上都有十二个黑点子。——这黑疤掉了,才会露出白白的、圆圆的"戒疤"。和尚都笑嘻嘻的,好像很高兴。她一眼就看见了明子。隔着一条护城河,就喊他:

"明子!"

"小英子!"

"你受了戒啦?"

"受了。"

"疼吗?"

"疼。"

"现在还疼吗?"

"现在疼过去了。"

"你哪天回去?"

"后天。"

"上午?下午?"

"下午。"

"我来接你!"

"好!"

……

小英子把明海接上船。

小英子这天穿了一件细白夏布上衣,下边是黑洋纱的裤子,赤脚穿了一双龙须草的细草鞋,头上一边插着一朵栀子花,一边插着一朵石榴花。她看见明子穿了新海青,里面露出短褂子的白领子,就说:"把你那外面的一件脱了,你不热呀!"

他们一人一把桨。小英子在中舱,明子扳艄,在船尾。

她一路问了明子很多话,好像一年没有看见了。

她问,烧戒疤的时候,有人哭吗?喊吗?

明子说,没有人哭,只是不住地念佛。有个山东和尚骂人:"俺日你奶奶!俺不烧了!"

她问善因寺的方丈石桥是相貌和声音都很出众吗?

"是的。"

"说他的方丈比小姐的绣房还讲究?"

"讲究。什么东西都是绣花的。"

"他屋里很香?"

"很香。他烧的是伽楠香,贵得很。"

"听说他会做诗,会画画,会写字?"

"会。庙里走廊两头的砖额上,都刻着他写的大字。"

"他是有个小老婆吗?"

"有一个。"

"才十九岁?"

"听说。"

"好看吗?"

"都说好看。"

"你没看见?"

"我怎么会看见?我关在庙里。"

明子告诉她,善因寺一个老和尚告诉他,寺里有意选他当沙弥尾,不过还没有定,要等主事的和尚商议。

"什么叫'沙弥尾'?"

"放一堂戒,要选出一个沙弥头,一个沙弥尾。沙弥头要老成,要会念很多经。沙弥尾要年轻,聪明,相貌好。"

"当了沙弥尾跟别的和尚有什么不同?"

"沙弥头,沙弥尾,将来都能当方丈。现在的方丈退居了,就当。石桥原来就是沙弥尾。"

"你当沙弥尾吗?"

"还不一定哪。"

"你当方丈,管善因寺?管这么大一个庙?!"

"还早呐!"

划了一气,小英子说:"你不要当方丈!"

"好,不当。"

"你也不要当沙弥尾!"

"好,不当。"

又划了一气,看见那一片芦花荡子了。

小英子忽然把桨放下,走到船尾,趴在明子的耳朵旁边,小声地说:

"我给你当老婆,你要不要?"

明子眼睛鼓得大大的。

"你说话呀!"

明子说:"嗯。"

"什么叫'嗯'呀!要不要,要不要?"

明子大声地说:"要!"

"你喊什么!"

明子小小声说:"要——!"

"快点划!"

英子跳到中舱,两只桨飞快地划起来,划进了芦花荡。

芦花才吐新穗。紫灰色的芦穗,发着银光,软软的,滑溜溜的,像一串丝线。有的地方结了蒲棒,通红的,像一枝一枝小蜡烛。青浮萍,紫浮萍。长脚蚊子,水蜘蛛。野菱角开着四瓣的小白花。惊起一只青桩(一种水鸟),擦着芦穗,扑鲁鲁鲁飞远了。

……

一九八〇年八月十二日,
写四十三年前的一个梦。

复仇

复仇者不折镆干。虽有忮心,不怨飘瓦。

——庄子

一枝素烛,半罐野蜂蜜。他的眼睛现在看不见蜜。蜜在罐里,他坐在榻上。但他充满了蜜的感觉,浓,稠。他嗓子里并不泛出酸味。他的胃口很好。他一生没有呕吐过几回。一生,一生该是多久呀?我这是一生了么?没有关系,这是个很普通的口头语。谁都说:"我这一生……"就像那和尚吧——和尚一定是常常吃这种野蜂蜜。他的眼睛眯了眯,因为烛火跳,跳着一堆影子。他笑了一下:他心里对和尚有了一个称呼,"蜂蜜和尚"。这也难怪,因为蜂蜜、和尚,后面隐了"一生"两个字。明天辞行的时候,我当真叫他一声,他会怎么样呢?和尚倒有了一个称呼了。我呢?他会称呼我什么?该不是"宝剑客人"吧(他看到和尚一眼就看到他的剑)。这蜂蜜——他想起来的时候一路听见蜜蜂叫。是的,有蜜蜂。蜜蜂真不少(叫得一座山都浮动了起来)。现在,残余的声音还在他的耳朵里。从这里开始了我今天的晚上,而明天

049

又从这里接连下去。人生真是说不清。他忽然觉得这是秋天,从蜜蜂的声音里。从声音里他感到一身轻爽。不错,普天下此刻写满了一个"秋"。他想象和尚去找蜂蜜。一大片山花。和尚站在一片花的前面,实在是好看极了,和尚摘花。大殿上的铜钵里有花,开得真好,冉冉的,像是从钵里升起一蓬雾。他喜欢这个和尚。

和尚出去了。单举着一只手,后退了几步,既不拘礼,又似有情。和尚你一定是自自然然地行了无数次这样的礼了。和尚放下蜡烛,说了几句话,不外是庙宇偏僻,没有什么可以招待;山高,风大气候凉,早早安息。和尚不说,他也听见。和尚说了,他可没有听。他尽着看这和尚。他起身为礼,和尚飘然而去。双袖飘飘,像一只大蝴蝶。

他在心里画不出和尚的样子。他想和尚如果不是把头剃光,他该有一头多好的白发。一头亮亮的白发在他的心里闪耀着。

白发的和尚呀。

他是想起了他的白了发的母亲。

山里的夜来得真快!日入群动息,真是静极了。他一路走来,就觉得一片安静。可是山里和路上迥然不同。他走进小山村,小蒙舍里有孩子读书声,马的铃铛,连枷敲在豆秸上。小路上的新牛粪发散着热气,白云从草垛边缓缓移过,一个梳辫子的小姑娘穿着一件银红色的衫子……可是原来描写着静的,现在全表示着动。他甚至想过自己做一个货郎来给这个山村添加一点声音的,这一会可不能在这万山之间"泼朗朗"摇他的小鼓。

货郎的拨朗鼓在小石桥前摇,那是他的家。他知道,他想的是他的母亲。而投在母亲的线条里着了色的忽然又是他的妹妹。他真愿意有那么一个妹妹,像他在这个山村里刚才见到的。穿着银红色的衫子,在门前井边打水。青石的井栏。井边一架小红花。她想摘一朵,听见母亲纺车声音,觉得该回家了,天不早了,就说:"我明天一早来摘你。你在那儿,我记得!"她可以给旅行人指路:"山上有个庙,庙里和尚好,你可以去借宿。"小姑娘和旅行人都走了,剩下一口井。他们走了一会,井栏上的余滴还丁丁咚咚地落回井里。村边的大乌桕树黑黑的。夜开始向它合过来。磨麦子的石碾呼呼的声音停止在一点上。

想起这个妹妹时,他母亲是一头乌青的头发。他多愿意摘一朵红花给母亲戴上。可是他从来没见过母亲戴过一朵花。就是这一朵没有戴上的花决定了他的命运。

母亲呀,我没有看见你的老。

于是他的母亲有一副年轻的眉眼而戴了一头白发。多少年来这一头白发在他心里亮。

他真愿意有那么一个妹妹。

可是他没有妹妹,他没有!

他的现在,母亲的过去。母亲在时间里停留。她还是那样年轻,就像那个摘花的小姑娘,像他的妹妹。他可是老多了,他的脸上刻了很多岁月。

他在相似的风景里做了不同的人物。风景不殊，他改变风景多少？现在他在山上，在许多山里的一座小庙里，许多小庙里的一个小小的禅房里。

多少日子以来，他向上，又向上；升高，降低一点，又升得更高。他爬的山太多了。山越来越高，山头和山头挤得越来越紧。路越来越小，也越来越模糊。他仿佛看到自己，一个小小的人，向前倾侧着身体，一步一步，在苍青赭赤之间的一条微微的白道上走。低头，又抬头。看看天，又看看路。路像一条长线，无穷无尽地向前面画过去。云过来，他在影子里；云过去，他亮了。他的衣裾上沾了蒲公英的绒絮，他带它们到远方去。有时一开眼，一只鹰横掠过他的视野。山把所有的变化都留在身上，于是显得亘古不变。他想：山呀，你们走得越来越快，我可是只能一个劲地这样走。及至走进那个村子，他向上一看，决定上山借宿一宵，明天该折回去了。这是一条线的尽头了，再往前没有路了。

他阖了一会儿眼。他几乎睡着了，几乎做了一个梦。青苔的气味，干草的气味。风化的石头在他的身下酥裂，发出声音，且发出气味。小草的叶子窸窣弹了一下，蹦出了一个蚱蜢。从很远的地方飘来一根鸟毛，近了，更近了，终于为一根枸杞截住。他断定这是一根黑色的。一块卵石从山顶滚下去，滚下去，滚下去，落进山下的深潭里。从极低的地方传来一声牛鸣。反刍的声音（牛的下巴磨动，淡红色的舌头），升上来，为一阵风卷走了。虫蛀着老楝树,一片叶子尝到了苦味,它打了一个寒噤。一个松球裂开了,寒气伸入了鳞瓣。鱼呀,活在多高的水里,你还是不睡?再见,青苔的阴湿;再见,干草的松软;再见,你硌在胛骨下抵出一块酸的石头。老和尚敲磬。现在,旅行人要睡了,放松他的眉头,散开嘴边的纹,解开脸上的结,让肩膊平摊,腿脚舒展。

烛火什么时候灭了。是他吹熄的?

他包在无边的夜的中心,像一枚果仁包在果核里。

老和尚敲着磬。

水上的梦是漂浮的。山里的梦挣扎着飞出去。

他梦见他对着一面壁直的黑暗,他自己也变细,变长。他想超出黑暗,可是黑暗无穷的高,看也看不尽的高呀。他转了一个方向,还是这样。再转,一样。再转,一样。一样,一样,一样是壁直而平,黑暗。他累了,像一根长线似的落在地上。"你软一点,圆一点嘛!"于是黑暗成了一朵莲花。他在莲花的一层又一层瓣子里。他多小呀,他找不到自己了。他贴着黑的莲花作了一次周游。丁——,莲花上出现一颗星,淡绿的,如磷火,旋起旋灭。余光霭霭,归于寂无。丁——,又一声。

那是和尚在做晚课,一声一声敲他的磬。他追随,又等待,看看到底多久敲一次。渐渐的,和尚那里敲一声,他心里也敲一声,不前不后,自然应节。"这会儿我若是有一口磬,我也是一个和尚。"佛殿上一盏像是就要熄灭,永不熄灭的灯。冉冉的,钵里的花。一炷香,香烟袅袅,渐渐散失。可是香气透入了一切,无往不在。他很想去看看和尚。

和尚,你想必不寂寞?

客人,你说的寂寞的意思是疲倦?你也许还不疲倦?

客人的手轻轻地触到自己的剑。这口剑,他天天握着,总觉得有一分生疏;到他好像忘了它的时候,方知道是如何之亲切。剑呀,不是你属于我,我其实是属于你的。和尚,你敲磬,谁也不能把你的磬的声音收集起来吧?你的禅房里住过多少客人?我在这里过了我的一夜。我过了各色的夜。我这一夜算在所有的夜的里面,还是把它当作各种夜之外的一个夜呢?好了,太阳一出,就是白天。明天我要走。

太阳晒着港口,把盐味敷到坞边的杨树的叶片上。海是绿的,腥的。

一只不知名的大果子,有头颅那样大,正在腐烂。

贝壳在沙粒里逐渐变成石灰。

浪花的白沫上飞着一只鸟,仅仅一只。太阳落下去了。

黄昏的光映在多少人的额头上,在他们的额头上涂了一半金。

多少人逼向三角洲的尖端。又转身,分散。

人看远处如烟。

自在烟里,看帆篷远去。

来了一船瓜,一船颜色和欲望。

一船是石头,比赛着棱角。也许——

一船鸟,一船百合花。

深巷卖杏花。骆驼。

骆驼的铃声在柳烟中摇荡。鸭子叫,一只通红的蜻蜓。

惨绿色的雨前的磷火。

一城灯!

嗨,客人!

客人,这仅仅是一夜。

你的饿,你的渴,饿后的饱餐,渴中得饮,一天的疲倦和疲倦的消除,各种床,各种方言,各种疾病,胜于记得,你一一把它们忘却了。你不觉得失望,也没有希望。你经过了哪里,将去到哪里?你,一个小小的人,向前倾侧着身体,在黄青赭赤之间的一条微微的白道上走着。你是否为自己所感动?

"但是我知道我并不想在这里出家!"

他为自己的声音吓了一跳。这座庙有一种什么东西使他不安。他像瞒着自己似的想了想那座佛殿。这和尚好怪!和尚是一个,蒲团是两个。一个蒲团是和尚自己的,那一个呢?佛案上的经卷也有两份。而他现在住的禅房,分明也不是和尚住的。

这间屋,他一进来就有一种特殊的感觉。墙极白,极平,一切都是既方且直,严厉而逼人。而在方与直之中有一件东西就显得非常的圆。不可移动,不可更改。这件东西是黑的。白与黑之间划出分明界限。这是一顶极大的竹笠。笠子本不是这颜色,它发黄,转褐,最后就成了黑的。笠顶有一个宝塔形的铜顶,颜色也发黑了——一两处锈出了绿花。这顶笠子使旅行人觉得不舒服。什么人戴了这样一顶笠子呢？拔出剑,他走出禅房。

他舞他的剑。

自从他接过这柄剑,从无一天荒废过。不论在荒村野店,驿站邮亭,云碓茅蓬里,废弃的砖瓦窑中,每日晨昏,他都要舞一回剑。每一次对他都是新的刺激,新的体验。他是在舞他自己,他的爱和恨。最高的兴奋,最大的快乐,最汹涌的激情。他沉酣于他的舞弄之中。

把剑收住,他一惊,有人呼吸。

"是我。舞得好剑。"

是和尚！和尚离得好近。我差点没杀了他。

旅行人一身都是力量,一直贯注到指尖。一半骄傲,一半反抗,他大声地喊：

"我要走遍所有的路。"

他看看和尚,和尚的眼睛好亮！他看着这双眼睛里有没有讥刺。和尚如果激怒了他,他会杀了和尚。然而和尚站得稳稳的,并没有为他的声音和神情所撼动,他平平静静,清清朗朗地说：

"很好。有人还要从没有路的地方走过去。"

万山百静之中有一种声音,丁丁然,坚决地,从容地,从一个深深的地方迸出来。

复仇

　　这旅行人是一个遗腹子。父亲被仇人杀了,抬回家来,只剩一口气。父亲用手指蘸着自己的血写下了仇人的名字,就死了。母亲拾起了他留下的剑。剑在旅行人手里。仇人的名字在他的手臂上。到他长到能够得到井边的那架红花的时候,母亲交给他父亲的剑,在他的手臂上刺了父亲的仇人的名字,涂了蓝。他就离开了家,按手臂上那个蓝色的姓名去找那个人,为父亲报仇。

　　不过他一生中没有叫过一声父亲。他没有听见过自己叫父亲的声音。

　　父亲和仇人,他一样想不出是什么样子。如果仇人遇见他,倒是会认出来的:小时候村里人都说他长得像父亲。然而他现在连自己是什么样子都不清楚了。

　　真的,有一天找到那个仇人,他只有一剑把他杀了。他说不出一句话。他跟他说什么呢?想不出,只有不说。

　　有时候他更愿意自己被仇人杀了。

　　有时候他对仇人很有好感。

　　有时候他觉得自己就是那个仇人。既然仇人的名字几乎代替了他自己的名字,他可不是借了那个名字而存在的么?仇人死了呢?

　　然而他依然到处查访这个名字。

　　"你们知道这个人么?"

　　"不知道。"

　　"听说过么?"

"没有。"

……

"但是我一定是要报仇的!"

"我知道,我跟你的距离一天天近了。我走的每一步,都向着你。"

"只要我碰到你,我一定会认出你,一看,就知道是你,不会错!"

"即使我一生找不到你,我这一生是找你的了!"

他为自己这一句的声音掉了泪,为他的悲哀而悲哀了。

天一亮,他跑近一个绝壁。回过头来,他才看见天,苍碧嶙峋,不可抗拒的力量压下来,使他呼吸急促,脸色发青,两股紧贴,汗出如浆。他感觉到他的剑。剑在背上,很重。而从绝壁的里面,从地心里,发出丁丁的声音,坚决而从容。

他走进绝壁。好黑。半天,他什么也看不见。退出来?不!他像是浸在冰水里。他的眼睛渐渐能看见面前一两尺的地方。他站了一会儿,调匀了呼吸。丁,一声,一个火花,赤红的。丁,又一个。风从洞口吹进来,吹在他的背上。面前飘来了冷气,不可形容的阴森。咽了一口唾沫。他往里走。他听见自己瞪瞪足音,这个声音鼓励他,教他走得稳当,不踉跄。越走越窄,他得弓着身子。他直视前面,一个又一个火花爆出来。好了,到了头:

一堆长发。长头发盖着一个人。匍匐着,一手錾子,一手铁锤,低着头,正在开凿膝前的方寸。他一定是听见来人的脚步声了,他不回头,继续开凿。錾子从下向上移动着。一个又一个火花。他的手举起,举起,旅行人看见两只僧衣的袖子。他的披到腰下的长发摇动着。他举起,举起,旅行人看见他的手。这双手!奇瘦,瘦到露骨,都是筋。旅行人后退了一步。和尚回了一下头。一双炽热的眼睛,从披纷的长发后面闪了出来。旅行人木然。举起,举起,火花,火花。再来一个,火花! 他差一点晕过去:和尚的手臂上赫然有三个字,针刺的,涂了蓝的,是他的父亲的名字!

一时,他什么也看不见了,只看见那三个字。一笔一划,他在心里描了那三个字。丁,一个火花。随着火花,字跳动一下。时间在洞外飞逝。一卷白云掠过洞口。他简直忘记自己背上的剑了,或者,他自己整个消失,只剩下这口剑了。他缩小,缩小,以至于没有了。然后,又回来,回来,好,他的脸色由青转红,他自己充满于躯体。剑! 他拔剑在手。

忽然他相信他的母亲一定已经死了。

铿的一声。

他的剑落回鞘里。第一朵锈。

他看了看脚下,脚下是新开凿的痕迹。在他脚前,摆着另一副锤錾。

他俯身,拾起锤錾。和尚稍为往旁边挪过一点,给他腾出地方。

两滴眼泪闪在庙里白发的和尚的眼睛里。

有一天，两副錾子同时凿在虚空里。第一线由另一面射进来的光。

约一九四四年写在昆明黄土坡

老鲁

去年夏天我们过的那一段日子实在很好玩。我想不起别的恰当的词儿，只有说它好玩。学校四个月发不出薪水，饭也是有一顿没一顿的吃。——这个学校是一个私立中学，是西南联大的同学办的。校长、教务主任、训育主任、事务主任、教员，全部都是联大的同学。有那么几个有"事业心"的好事人物，不知怎么心血来潮，说是咱们办个中学吧，居然就办起来了。基金是靠暑假中演了一暑期话剧卖票筹集起来的。校址是资源委员会的一个废弃的仓库，有那么几排土墼墙的房子。教员都是熟人。到这里来教书，只是因为找不到或懒得找别的工作。这也算是一个可以栖身吃饭的去处。上这儿来，也无须通过什么关系，说一句话，就来了。也还有一张聘书，聘书上写明每月敬奉薪金若干。薪金的来源，是靠从学生那里收来的学杂费。物价飞涨，那几个学杂费早就教那位当校长的同学捣腾得精光了，于是教员们只好枵腹从教。校长天天在外面跑，通过各种关系想法挪借。起先回来还发发空头支票，说是有了办法，哪儿哪儿能弄到多少，什么时候能发一点钱。说了多次,总未兑现。大家不免发牢骚,出怨言。然而生气的是他说谎,至于发不发薪水本身倒还其次。我们已经穷到了极限,再穷下去也不过如此。薪水发下来原也无济于事,顶多能约几个人到城里吃一顿。这个情形,没有在昆明,在我们那个中学教过书的人,大概无法明白。好容易学校挨到暑假,没有中途关门。可是一到暑假,我们的日子就更特别了。钱,不用说,毫无指望。我们已好像把这件事忘了。校长能做到的事是给我们零零碎碎的弄一餐两餐米,买二三十斤菜。有时弄不到,就只有断炊。菜呢,对不起,校长实在想不出办法。可是我们不能吃白斋呀!有了,有人在学校荒草之间发现了很多野生的苋菜(这个学校虽有土筑的围墙,墙内照例是不除庭草,跟野地也差不多)。这个菜云南人叫做小米菜,人不吃,大都是摘来喂猪,或是在胡萝卜田的堆锦织绣的丛绿之中留一两棵,到深秋时,在夕阳光中红晶晶的,看着好玩。——昆明的胡萝卜田里几乎都有一两棵通红的苋菜,这是种菜人的超乎功利,纯为观赏的有意安排。学校里的苋菜多肥大而嫩,自己动手去摘,半天可得一大口袋。借一二百元买点油,多加大蒜,爆炒一下,连锅子掇上桌,味道实在极好。能赊得到,有时还能到学校附近小酒店里赊半斤土制烧酒来,大家就着碗轮流大口大口地喝!小米菜虽多,经不起十几个正在盛年的为人师者每天食用,渐渐地,被我们吃光了。于是有人又认出一种野菜,说也可以吃的。这种菜,或不如说这种草更恰当些,枝叶深绿色,如猫耳大小而有缺刻,有小毛如粉,放在舌头上拉拉的。这玩意北方也有,叫做"灰藋菜",也有叫讹了叫成"回回菜"的。按即庄子所说"逃蓬藋者闻人足音则跫然喜"之"藋"也。据一个山东同学说,如果裹了面,和以葱汁蒜泥,蒸了吃,也怪好吃的。可是我们买不起面粉,只有少施油盐如炒苋菜办法炒了吃。味道比起苋菜,可是差远了。还有一种菜,独茎直生,周附柳叶状而较为绵软的叶子,长在墙角阴湿处,如一根脱了毛的鸡毛掸子,也能吃。不知为什么没有尝试过。大概这种很古雅的灰藋菜还足够我们吃一气。学校所在地名观音寺,是一荒村,也没有什么地方可去。时在暑假,我们的眠起居食,皆无定时。早起来,各在屋里看书,或到山上四处走走,看看时间差不多了,就相互招呼去"采薇"了。下午常在校门外不远处一家可以欠账的小茶棚中喝茶,看远山近草,车马行人,看一阵大风卷起一股极细的黄土,映在太阳光中如轻霞薄绮,看黄土后面蓝得好像要流下来的天空。到太阳一偏西,例当想法寻找晚饭菜了。晚上无灯——交不出电灯费教电灯公司把线给铰了,大家把口袋里的存款倒出来,集资买一根蜡烛,会聚在一个未来的学者、教授的屋里,在凌乱的衣物书籍之间各自找一块空间,躺下坐好,天南地北,乱聊一气。或回忆故乡风物,或臧否一代名流,行云流水,不知所从来,也不知向何处去,高谈阔论,聊起来没完,而以一烛为度,烛尽则散。生活过成这样,却也无忧无虑,兴致不浅,而且还读了那么多书!

啊呀,题目是《老鲁》,我一开头就哩哩拉拉扯了这么些闲话干什么?我还没有说得尽兴,但只得打住了。再说多了,不但喧宾夺主,文章不成格局(现在势必如此,已经如此),且亦是不知趣了。

但这些事与老鲁实有些关系,老鲁就是那时候来的。学校弄成那样,大家纷纷求去,真为校长担心,下学期不但请不到教员,即工役校警亦将无人敢来,而老鲁偏在这时会儿来了。没事在空空落落的学校各处走走,有一天,似乎看见校警们所住的房间热闹起来。看看,似乎多了两个人。想,大概是哪个来了从前队伍上的朋友了(学校校警多是退伍的兵)。到吃晚饭时常听到那边有欢笑的声音。这声音一听即知道是烧酒所翻搅出来的。嗷,这些校警有办法,还招待得起朋友啊?要不,是朋友自己花钱请客,翻作主人?走过门前,有人说:"汪老师,来喝一杯。"我只说:"你们喝,你们喝。"就过去了,是哪几个人也没有看清。再过几天,我们在挑菜时看见一个光头瘦长个子穿半旧草绿军服的人也在那里低着头掐灰藋菜的嫩头。走过去,他歪了头似笑不笑地笑了一下。这是一种世故,也不失其淳朴。这个"校警的朋友"有五十岁了,额上一抬眉有细而密的皱纹。看他摘菜,极其内行,既迅速且准确。我们之中有一位至今对摘菜还未入门,摘苋菜摘了些野茉莉叶子,摘灰藋菜则更不知道什么麻啦蓟啦的都来了,总要别人再给鉴定一番。有时拣不胜拣,觉得麻烦,就不管三七二十一,哗啦一起倒下锅。这样,在摘菜时每天见面,即心仪神往起来,有点熟了。他不时给我们指点指点,说哪些菜吃得,哪些吃不得。照他说,可吃的简直太多了。这人是一部活的《救荒本草》!他打着一嘴山东话，说话神情和所用字眼都很有趣。

　　后来不但是蔬菜，即荤菜亦能随地找得到了。这大概可以说是老鲁的发明。——说"发明"，不对，该说什么呢？在我看，那简直就是发明：是一种甲虫，形状略似金龟子，略长微扁，有一粒蚕豆大，村里人即叫它为蚕豆虫或豆壳虫。这东西自首夏至秋初从土里钻出来，黄昏时候，漫天飞，地下留下一个一个小圆洞。飞时鼓翅作声，声如黄蜂而微细，如蜜蜂而稍粗。走出门散步，满耳是这种营营的单调而温和的音乐。它们这样营营地，忙碌地飞，是择配。这东西一出土即迫切地去完成它的生物的义务。等到一找到对象，便在篱落枝头息下。或前或后于交合的是吃，极其起劲地吃。所吃的东西却只有一种：柏树的叶子。也许它并不太挑嘴，不过爱吃柏叶，是可以断言的。学校后面小山上有一片柏林，晌晚时这种昆虫成千上万。老鲁上山挑水——老鲁到朋友处闲住，但不能整天抄手坐着，总得找点事做做，挑水就成了他的义务劳动——回来说，这种虫子可吃。当晚他就捉了好多。这一点不费事，带一个可以封盖的瓶罐，走到哪里，随便在一个柏枝上一捋，即可有三五七八个不等。这东西是既不挣扎也不逃避的，也不咬人螫人。老鲁笑嘻嘻地拿回来，掐了头，撕去甲翅，动作非常熟练。热锅里下一点油，煸煠一下，三颠出锅，上盘之后，洒上重重的花椒盐，这就是菜。老鲁举起酒杯，一连吃了几个。我们在一旁看着，对这种没有见过的甲虫能否佐餐下酒，表示怀疑。老鲁用筷子敲敲盘边，说："老师，请两个嘛！"有一个胆大的，当真尝了两个,闭着眼睛嚼了下去:"唔,好吃!"我们都是"有毛的不吃掸子,有腿的不吃板凳"的,于是饭桌上就多了一道菜,而学校外面的小铺的酒债就日渐其多起来了。这酒账是下学期快要开学时才由校长弄了一笔钱一总代付了的。豆壳虫味道有点像虾,还有点柏叶的香味。因为它只吃柏叶,不但干净,而且很"雅"。这和果子狸、松花鸡一样,顾名思义即可知道一定是别具风味的山珍。不过,尽管它的味道有点像虾,我若是有一盘油爆虾,就绝不吃它。以后,即使在没有虾的时候也不会有吃这玩意的时候了。老鲁呢,则不可知了。不管以后吃不吃吧,他大概还会念及观音寺这地方,会跟人说:"俺们那时候吃过一种东西,叫豆壳虫……"

不久,老鲁即由一个姓刘的旧校警领着见了校长,在校警队补了一个名子。校长说:"饷是一两个月发不出来的哩。"老刘自然知道,说不要紧的,他只想清清静静地住下,在队伍上时间久了,不想干了,能吃一口这样的饭就行(他说到"这样的饭"时,在场的人都笑了)。他姓鲁,叫鲁庭胜(究竟该怎么写,不知道,他有个领饷用的小木头戳子,上头刻的是这三个字),我们都叫他老鲁,只有事务主任一个人叫他的姓名(似乎这样连名带姓地叫他的下属,这才像个主任)。济南府人氏。何县,不详。和他同时来的一个,也"补上"了,姓吴,河北人。

什么叫"校警",这恐怕得解释一下,免得过了一二十年,读者无从索解。"校警"者,学校之警卫也。学校何须警卫?因为那时昆明的许多学校都在乡下,地方荒僻,恐有匪盗惊扰也。那时多

老鲁

数学校都有校警。其实只是有几个穿军服的人（也算一个队），弄几支旧枪，壮壮胆子。无非是告诉宵小之徒：这里有兵，你们别来！年长日久，一向又没有发生过什么事情，这个队近于有名无实了。他们也上下班。上班时抱着一根老捷克式，搬一条长凳，坐在门口晒太阳，或看学生打篮球。没事时就到处走来走去，嘴里咬着一根狗尾巴草草，"朵朵来米西"，唱着不成腔调的无字曲。这地方没有什么热闹好瞧。附近有一个很奇怪的机关，叫做"灭虱站"，是专给国民党军队消灭虱子的。他们就常常去看一队瘦得脖子挺长的弟兄开进门去，大概在里面洗了一通，喷了什么药粉，又开出来，走了。附近还有个难童收容所。有二三十也是饿得脖子挺长的孩子，还有个所长。这所长还教难童唱歌，唱的是"一马离了西凉界，不由人一阵阵泪洒胸怀"，而且每天都唱这个。大概是该所长只会唱这一段。这些校警也愿意趴在破墙上去欣赏这些瘦孩子童声齐唱《武家坡》。他们和卖花生的老头搭讪，帮赶马车的半大孩子钉马掌，去看胡萝卜，看蝌蚪，看青苔，看屎克螂，日子过得极其从容。有的住上一阵，耐不住了，就说一声"没意思"，告假走了。学校负责人也觉得这样一个只有六班学生的学校，设置校警大可不必，这两支老枪还是收起来吧，就一并捆起来靠在校长宿舍的墙角上锈生灰去了。校警呢，愿去则去，愿留的，全都屈才做了本来是工友所做的事了。人各有志，留下来的都是喜爱这里的生活方式的。这里的生活方式，就是：随便。你别说，原来有一件制服在身上，多少有点拘束，现在脱下了二尺半，想穿什么就穿什么，就更添了一分自在。可是他们过于喜爱这种方式，对我们就不大方便。他们每天必做的事是挑水。当教员的，水多重要！上了两节课，唇干舌燥。到茶炉间去看看，水缸是空的。挑水的呢？他正在软草浅沙之中躺着，眯着眼在看天上的云哩。毫无办法，这学校上上下下都透着一股相当浓厚的老庄哲学的味道：适性自然。自从老吴和老鲁来了，气象才不同起来。

老吴留长发，梳了一个背头。头顶微秃，看起来脑门子很高。高眉直鼻、瘦长身材，微微驼背。走路步子很碎，稍急一点就像是在小跑。这样的人让他穿一件干干净净的蓝布长衫比穿军服要合适得多（他怎么会去当兵，是一个谜）。他的家乡大概离北京不远，说的是相当标准的"国语"，张嘴就是"您哪，您哪"的。他还颇识字，能读书报，字也写得不错，酒后曾在墙上题诗一首：

  山上青松山下花

  花笑青松不及他

  有朝一日狂风起

  只见青松不见花

兴犹未尽，又题了两句：

  贫居闹市无人问

  富在深山有远亲

"补上"不久，有发愤做人之意，又写了一副对联：

老鲁

烟酒不戒哉

不可为人也

老吴岁数不比老鲁小多少,也是望五十的人了,而能如此立志,实在难得。——不过他似乎并未真的戒掉。而且,何必呢!因为他知书识字,所管工作是进城送公函信件。在家时则有什么做什么,从不让自己闲着。哪里地不平,下雨时容易使人摔跤,他借了一把铁锹平了,垫了。谁的窗户纸破了(这学校里没有一扇玻璃,窗户上都是糊着皮纸),他瞧在眼里,不一会儿就打了糨糊来糊上了,糊得端端正正,平平展展,连一个褶子都没有。而且出主意教主人出钱买一点清油来抹上,说这样结实,也透亮。果然!他爱整洁,路上有草屑废纸,他见到,必要捡去。整天看见他在院里不慌不忙而快快地走来走去。他大概是很勤快的。当然,也有点故示勤快。有一天,须派人到城里一个什么机关交涉一宗公事,教员里都是不入官衙的,谁也不愿去。有人说:"让老吴去!"校长把自己的一套旧西服取下来,说:"行!"老吴换了那身咖啡色西服,梳梳头,就去了。结果自然满好,比我们哪个去都好。因此,老吴实际上是介乎工友与职员之间的那么一个人物。老吴所以要戒除嗜好,立志为人,所争取的,暂时也无非是这样的地位。他已经争取到了。

一到快放暑假时,大家说:完了,准备瘦吧。不是别的,每年春末夏初,几乎全校都要泻一次肚,泻肚的同时,大家的眼睛又必一起通红发痒。是水的关系。这村子叫观音寺,按说应该不缺水——观音不是跟水总是有点联系的么?可是这一带的大地名又叫做黄土坡,这倒真是名副其实的。昆明春天不下雨,是风季,或称干季,灰沙很大。黄土坡尤其厉害。我们穿的衣服,在家里看看还过得去。一进城就觉得脏得一塌糊涂。你即使新换了衣服进城,人家一看就知道是从哪里来的:我们的头发总是黄的!学校附近没有河,——有一条很古老的狭窄的水渠,雨季时渠里流着清水,渠的两岸开满了雪白的木香花,可是平常是干涸的,也没有井,我们食用的水只能从两处挑来:一个是前面胡萝卜田地里的一口塘;一个是后面山顶上的一个"龙潭"。龙潭,昆明人叫泉水为龙潭。那也是一口塘,想是下面有泉水冒上来,故终年盈满,水清可鉴。在龙泉边坐一坐,便觉得水气沁人,眼目明爽。如果从山上龙潭里挑水来吃,自然极好。但是,我们平日饮用、炊煮、漱口、洗面的水实都是田地里的塘水。塘水是雨水所潴积,大小虽不止半亩,但并无源头,乃是死水,照一学生物的同学的说法:浮游生物很多。他去舀了一杯水,放在显微镜下,只见草履虫、阿米巴来来往往,十分活跃。向学校抗议呀!是的。找事务主任。主任说:"我是管事务的,我也是×××呀!"这意思是说,他也是一个人,也有不耐烦的时候。他跟由校警转业的工友三番两次说:"上山挑!"没用。说一次,上山挑两天;第三天,仍旧是塘水。你不能看着他,不能每次都跟着去。实在的,上山路远,路又不好走。也难怪,我们有时去散散步,来回一趟,还怪累的,何况挑了一担水乎?再说,山下风景不错,可是没人没伴,一个人挑着两桶水,斤共斤共走着,有什么意思?田里塘边常常有几个姑娘媳妇锄地薅草,漂衣洗菜,谈谈笑笑,热闹得多。教员们呢,不到眼红肚泻时也想不起这码事。等想起来,则已经红都红了,泻都泻了。到时候每人一包六味地黄丸或舒发什么片,倒了一杯(还是塘里挑来的)水,相对吞食起来。自从老鲁来了,情况才有所改变。老鲁到山上、田里两处都看了看,说底下那个水"要不的"。——老鲁的专职是挑水。全校三百人连吃带用的水由他一个人挑,真也够瞧的。老鲁天一模糊亮就起来,来回不停地挑。一担两桶。有时用得急,一担四桶。四桶水,走山路,用山东话说:"斤半锅盔,——够呛。"可是老鲁像不在意。水挑回来,还得劈柴。劈了柴,一个人关在茶炉间里烧。自此,我们之间竟有人买了茶叶,泡起茶来了!因为水实在太方便。老鲁提了一个很大的铅铁水壶,挨着个儿往各个房间里送,一天送三次。

下一学期开始后,学校情况有所好转。昆明气候好,秋来无一点萧瑟之感。只是百物似乎更老熟深沉了一些。早晚稍凉,半夜读书写字须加一件衣服。白天太阳照着,温暖平和,完全像一个稍稍删改过一番的春天。经过了雨季,草木都极旺盛。波斯菊开犹未尽,绮丽如昔。美人蕉结了籽,远看猩红一片,仍旧像开着花。饭能像一顿饭那样开出,破旧的藤箱里还有一件毛衣,就允许人们对未来做一点梦。饭后课余,在屋前小草坪上,各人搬一把椅子,又漫无边际地聊开了。昆明七八年,都只是一群游子,谁也没有想到在这里落地生根。包括老吴和老鲁。教员里有的是想出国的，有的想到清华、北大当助教，也有想回家乡办一种什么事业……有一位老兄似乎自己是注定了要当副教授的。他还设想他有一所小住宅，三间北房，四白落地，后面还有一个小园子，可以种花种菜。他还把老吴、老鲁也都设计在他的住宅里。老吴住前院，管洒扫应对。主人不在，有客人来，沏茶奉烟，请客人留字留言。他可偷空到天桥落子馆里坐坐。他去买东西，会跟铺子里要一个二八回扣。老鲁呢，挑水，还可以把左邻右舍的用水都包下来，包括对门卖柿子的老太婆的。唔，老鲁多半还要回家种两年地。到地里庄稼被蝗虫吃光了时，又会坐在老吴的屋里等主人回来，请求还在这里吃一碗饭……他把将来的生活设想这样具体，而且梦寐以求，有点像契诃夫小说《醋栗》中的主人，于是大家就叫他"醋栗"。醋栗先生对这个称呼毫不在意。这时正好老吴给他送来两封远地来信和一卷报刊，老鲁提了铅壶来送水，他还当真把他们叫住，把这个设想告诉他们，征求他们的同意。一个说："好唉好唉。"一个说："那敢情好！"

醋栗先生的设想，不是毫无道理。他自己能不能当副教授，我不敢替他下保证，他所设想老吴和老鲁的前途，倒是相当有根据，合乎实际的。世界上会有很多副教授，会有那么一所小宅子，会有一定数量的能够洒扫应对的老吴和一辈子挑水的老鲁的。

自从老吴和老鲁来了，学校的教员中竟分成了两派。一派拥护老吴，一派拥护老鲁。有时为了他们的优劣竟展开了辩论（其实人是不能论优劣的，优劣只能用于钢笔、手表、热水壶，这些东西可以有个绝对标准)。人之爱恶,各不相同,不能勉强。从拥护老鲁和老吴上,也可以看出两派人的特点,一派重实际,讲功利;一派重感情,多幻想。人以群分,物以类聚,什么地方都有这两类人。我是拥鲁一派。老鲁来了,我们且问问他:

"老鲁,你累不累?"

"累什么,我的精神是顶年幼儿的来!"

这个"顶年幼儿的",好新鲜的词儿!老鲁身体很好(老吴有时显得有点衰颓)。他并不高大,但很结实。他不是像一个运动员那样浑身都是练出来的腱子肉,他是瘦长的,连他的微微向外的八字脚也是瘦瘦长长且是薄薄的,然而他一天挑那么多的水!他哪里来的那么多的力气呢?老鲁是从沙土里长起来的一棵枣树。说像枣树好像不大合适。然而像什么呢?得,就是枣树!

老鲁是见过世面的。有一天,学校派我进城买米(我们那个学校,教员都要轮流做这一类的事),我让老鲁跟我一同去,因为我实在不善于做这一类事。老鲁挟着两个麻袋,走到米市上,这一家抄起一把看看,那一家抄起一把看看,显得很活泼。米有成色粗细,砂多砂少,干湿之分,这些我都不懂,只是很有兴趣跟在他后面,等他看定了付钱。他跟一个掌柜的论了半天价,没有成交。"不卖?好,不卖咱们走下家!"其实他是看中了这份米。哪里走什么下家呢,他领着我去看了半天猪秧子,评头论足了半天,转身又走回原来那家铺子,偏着身子(像是准备买不成立刻就走),扬着头(掌柜的高高地爬在米垛子上),"哎,胡子!卖不卖,就是那个数,二八,卖,咱就量来!"掌柜的乐了乐,当真就卖了。大概是因为一则"二八"这个数他并不吃亏;二则这掌柜显然也极中意这个称呼,他有一嘴乌青匝密的牙刷胡子!——诸位,我说的这些有点是题外之言。我真的要说的是另外一件事。就是买米的这一天,我知道老鲁是见过世面的。我们在进城的马车上,马车上坐的是庄稼人、保长、小茶棚的老板娘(进城去买办芝麻糖葵花子),还有两个穿军装的小伙子。这两个小伙子大概是机械士或勤务兵,显得很时髦。一个的手腕上戴着手表(我仔细瞧了瞧,这只表不走,只能装装样子),一个的左边犬齿上镶了金牙,金牙上嵌了绿色的桃形饰物。这两个低声说话,忽然无缘无故地大声说:"我们哪里没有去过,什么'交通工具'没有坐过!飞机、火车、坦克车,法国大莱钢丝床!"老鲁没有什么表示,只是低着头抽他的烟。等这两个下了车,端着肩膀走了,老鲁说:"两个烧包子!"好!这真是老鲁说的话!

　　老鲁十几岁就当兵了。他在过的部队的番号,数起来就有一长串。这人的生活写出来将是一部骇人的历史。我跟老鲁说:"老鲁,什么时候你来,弄一点酒,谈谈你自己的事情。"老鲁说:"有什么可谈的?作孽受苦就是了。好唉,哪天。今儿不行,事多。"说了几次,始终没有找到适当机会。

　　我只是片片段段地知道,老鲁在张宗昌手下当过兵。"童子队",他说。我到现在还不知道这三个字怎样写,是"童子队",还是"筒子队"。听那意思大概是马弁。"童子队,都挑一些年轻漂亮小伙子,才出头二十岁。"老鲁说。大家微笑。笑什么呢?笑老鲁过去的模样。大家自然相信老鲁曾经是个年轻漂亮的小伙子,盒子炮,两尺长的鹅黄色的丝穗子!他说了一点张大帅的事,也不妨说是老鲁自己的事吧:"大帅烧窑子。北京。大帅走进胡同。一个最红的窑姐儿。窑姐儿叼了支烟(老鲁摆了个架势,跷起二郎腿,抬眉细眼,眼角迤斜),让大帅点火。大帅说:'俺是个土暴子,俺不会点火。'豁呵,窑姐儿慌了,跪下咧,问你这位,是什么官衔。大帅说:'俺是山东梗,梗,梗!'(老鲁翘起大拇指,圆睁两眼,嘴微张开。从他的神情中,我们大概知道'梗梗梗'是一个什么东西,但是这三个字实在不知道该怎么写。大帅的同乡们,你们贵处有此说法么?)窑姐儿说,你老开恩带我走吧。大帅说:'好唉!'(大帅也说'好唉'!)真凄惨(老鲁用了一个形容词),烧!大帅有令:十四岁以下,出来;十四岁过了的,一个不许走,烧!一烧烧了三条街,都烧死咧。"老鲁的叙述方法有点特别。你也许不大明白。可不是,我也不知这究竟是咋一回事,大帅为什么要烧窑子?这是什么年头的事?我们就大概晓得那么一回事就得了。当然,老鲁也是点火烧的一个了,他是"童子队"嘛。

另外,我们还知道一点老鲁吃过的东西。其一是猪食。队伍到了一个地方,什么都没有了。饿了好几天了,老百姓不见影子,粮食没有一颗。老鲁一看,咳,有个猪圈。猪是早没有了,猪食盆在呐。没有办法,用手捧了两把。嗜,"还有两爿儿整个包谷一剖俩的呢,怪好吃!"老鲁说,这比羊肉好吃多了。"比羊肉好吃?"有人奇怪。咦,什么羊肉,白煮羊肉。"也是,老百姓都逃了,拖到一只羊,杀倒了,架上火燎烂了,没盐!"没盐的羊肉,你没吃过,你就无法知道那多难吃,何况,又是瘪了多少日子的肚子!啧啧,老鲁吃过棉花。那年,败了;一阵一阵地退。饿得太凶了,都走不动,"有的,"老鲁说,"像一个空口袋似的就出溜下去了。昏昏糊糊的。队伍像一根烂草绳穿了一绳子烂鞋。"(老鲁的描写真是奇绝!)实在饿极了。老鲁说:"不觉得那是自己。"可是得走呀。在那个一眼看不到一棵矮树、一块石头的大平地上走。(这是什么地方?)浑身没一丝力气,光眼皮那还有点动(很难想象),不撑住,就搭拉下来了。老鲁看见前头一个人的衣服破了一块,露出了白花花的棉花,"吃棉花!前后肚皮都贴上了。棉花啊!也就是填到肚里,有点儿东西。吃下去什么样儿,拉出来还是个什么样儿!"我知道棉花只有纤维,纤维是不易溶解的,没想到这点科学常识却在一个人的肚肠里得到证实。

老鲁的行伍生活,我所知道的,只有这些。

老鲁这辈子"下来"过好几次。用他的话说,当兵叫"补上",不当了,叫"下来"。他到过很多大城市,在上海、南京都住过。下来时,自然是都攒了一些钱。他说他在上海曾经有过两间房子。"有过"是什么意思呢?是从二房东那里租来的,还是在蕴藻浜那样的地方自己用茅草盖的呢?我没有问清楚。在南京,他弄过一个磨坊。这是抗战以前的事。一打仗,他摔下就跑了。临走时磨坊里还有一百六十多担麦子!离开南京,身上还有一点钱,钱慢慢花完了,"又干上咧"。老鲁是"活过来的",他对过去不太怀念。只有一次,我见他似乎颇有点惘然的样子。黄昏时候,在那个小茶棚前,一队驮马过去。赶马的是个小姑娘。呵叱一声,十头八匹马一起撒开步子,马背上的木鞍敲得马脊梁郭答郭答地响。老鲁眯着眼睛,目送驮马走过,兀立良久。若有所思。但是在他脱下军帽,抓一抓光头时,他已经笑了,"南京城外赶驴子的,都是小姑娘,一根小鞭子,哈咻哈咻,不打站,不歇力,一口气赶三四十里地,一串几十个,光着脚巴丫子,戴得一头的花!"老鲁似乎在他的描叙中得到一点快乐。"戴得一头的花",他说得真好。这样一来,那一百六十担麦子就再也不能折磨他了。

可是话说回来了,一百六十担麦子是一百六十担麦子呀,不是别的。一百六十担麦子比起一斗四升豆子,就更多了,也难怪老鲁提起过好几次。且说这一斗四升豆子。老鲁爱钱。他那样出力地挑水,也一半是为了钱。"公家用的"水挑完之后,他还给几个成了家,有了孩子,自己起火的教员家里挑私人用的水,多少可以得一点钱。老鲁这回"下来",本有几个钱,约有十万多一点(我们那学期的薪水一月二万五)。他一下来时请老校警喝酒,花了一些。又为一个老朋友花了四万元。那个朋友从队伍上下来,带了一支枪,路上让人查到了,关了起来。老鲁得为他花钱,把他赎出来。一块儿在枪子里趟过来的,他能不吐这个血么?剩下那点钱,再加上挑水的水钱,他就买了一斗四升豆子囤积起来。他这大概是世界上规模最小的囤积了。不过,有了一斗四,就不愁没有一百六。他等着行情涨,希望重新挣起一座磨坊。不料,什么都涨,豆子直跌!没法,就只好卖给在门口路上拉马车的。他自己常常看到那匹瘦骨嶙峋的白马,掀动着大嘴,格蹦格蹦地嚼他的豆子。可真是气人,一脱手,豆子的价钱就抬起来了!

有人问老鲁,"你要钱干什么?"意思是说,你活了大半辈子,看过多少事情,还对这个东西认识不清么?有人还告诉他几个故事:某人某人,白手起家,弄了三部卡车,跑缅甸仰光,几千万的家私,一炮就完了。护国路有一所大楼,黄铜窗槛,绿绒窗帘,里面住了一个"扁担"(昆明人管挑夫叫"扁担")。这扁担挑了二十年,忽然发了一笔横财,钱是有了,可是生活过得很无意思。家里的白磁澡盆他觉得光滑冰冷,牛奶面包他吃不惯。从前在车站码头上一同吃猪耳朵、闷小肠的老朋友又没有人敢来高攀他,他觉得孤独寂寞,连一个能说说话的人都没有。又有一家,原是个马车夫,得了法,房子盖得半条街,又怎么呢?儿子们整天为一块瓦片吵架,一家子鸡犬不宁……总而言之,钱不是什么好东西。老鲁说:"话不是这么说。眼珠子是黑的,洋钱是白的。我家里挣下的几亩地,一定叫叔叔舅舅占了,卖了。我回去,我老娘不介意(老鲁还有个老娘,想当有七十多岁了),欢欢喜喜的,'啊!我儿子回来了!'我就是光着屁股也不要紧。别人喂,我回去吃什么?"

寒假以后,学校搬了家,从观音寺搬到白马庙。我是跟老鲁坐一个马车去的。老鲁早已到那边看过,远远的就指给我们看:"那边,树郁郁的,喂,是了,就是那儿!"老鲁好像很喜欢,很兴奋。

原因是："那边有一口大井，就在开水炉子旁边，方便！"

自从学校迁到白马庙，我不在学校里住，在学校附近租了一间民房，除了上课，很少到学校来。下了课，就回宿舍了。对老鲁的情况就不大了解了。

转眼过年了。一清早，到学校去看看。学校里打扫得很干净，台阶上还有几盆花！老吴在他的房间的门上贴了一副春联：

一夜连双岁

五更分二年

这是记实，又似乎有点感慨。我去看看老鲁，彼此作了一个揖，算是拜年。我听说老鲁最近不大快乐。原因是，一，和老吴的关系处得不好。老吴很受重用。事务主任近来不到校，他俨然是大总管。他穿着校长送他的咖啡色西服，叼着一个烟斗，背着手各处看来看去，有时站在办公室门口，大叫："老鲁——！"——"耳朵上哪去了？"——"要关照你多少次！"——得，醋栗先生的计划大概要吹，老鲁和老吴不会同时待在一个小宅子里！二，是他有一笔钱又要漂。老鲁苦巴苦做，积积攒攒，也有了卯二十万样子。这钱为一个事务员借去，合资买了谷子，不知怎么弄的，久久未有下文。原因究竟是否如此，也说不清。只是老鲁的脾气变得坏了。他离群索居，吃饭睡觉都在他的看炉间里。校警之中只有一个老刘还有时带了一条大狗上他屋里坐坐，有时跟他一处吃饭。老鲁现在几乎顿顿喝酒。"吃了，喝了，都在我肚子里，谁也别想!"意思是有谁想他的钱似的。老鲁哪里来的这么多的牢骚呢?

后来,我看老鲁脾气又好了一些,常常请客吃包子。一盘二三十个,请老刘,请一个女教员雇用的女工。我想,这可不得了,老鲁这个花法!他是怎么啦?不过了?慢慢地,我才听说,老鲁做了老板了。这包子是从学校旁边的包子铺端来的。铺子里有老鲁的十多万股本。

果然,老鲁常常蹲在包子铺的门口抽他的烟筒。呼噜呼噜。他拿着新买的烟筒向我照了照:

"我买了个高射炮!"

佛笃——吹着了纸媒,抽了一筒,非常满意的样子。

"到云南来,有钱没钱的,带两样东西回去。有钱的,带斗鸡。云南出斗鸡。没钱,带个水烟筒,——高射炮!"

今春看又过,何日是归年?老鲁啊,咱们什么时候回去呢?

一九四五年写,
在昆明白马庙

异秉

王二是这条街的人看着他发达起来的。

不知从什么时候起,他就在保全堂药店廊檐下摆一个熏烧摊子。"熏烧"就是卤味。他下午来,上午在家里。

他家在后街濒河的高坡上,四面不挨人家。房子很旧了,碎砖墙,草顶泥地,倒是不仄逼,也很干净,夏天很凉快。一共三间。正中是堂屋,在"天地君亲师"的下面便是一具石磨。一边是厨房,也就是作坊。一边是卧房,住着王二的一家。他上无父母,嫡亲的只有四口人,一个媳妇,一儿一女。这家总是那么安静,从外面听不到什么声音。后街的人家总是吵吵闹闹的。男人揪着头发打老婆,女人拿火叉打孩子,老太婆用菜刀剁着砧板诅咒偷了她的下蛋鸡的贼。王家从来没有这些声音。他们家起得很早。天不亮王二就起来备料,然后就烧煮。他媳妇梳好头就推磨磨豆腐。——王二的熏烧摊每天要卖出很多回卤豆腐干,这豆腐干是自家做的。磨得了豆腐,就帮王二烧火。火光照得她的圆盘脸红红的。(附近的空气里弥漫着王二家飘出的五香味。)后来王二喂了一头小毛驴,她就不用围着磨盘转了,只要把小驴牵上磨,不时往磨眼里倒半碗豆子,注一点水就行了。省出时间,好做针线。一家四口,大裁小剪,很费功夫。两个孩子,大儿子长得像妈,圆乎乎的脸,两个眼睛笑起来一道缝。小女儿像父亲,瘦长脸,眼睛挺大。儿子念了几年私塾,能记账了,就不念了。他一天就是牵了小驴去饮,放它到草地上去打滚。到大了一点,就帮父亲洗料备料做生意,放驴的差事就归了妹妹了。

每天下午,在上学的孩子放学,人家淘晚饭米的时候,他就来摆他的摊子。他为什么选中保全堂来摆他的摊子呢?是因为这地点好,东街西街和附近几条巷子到这里都不远;因为保全堂的廊檐宽,柜台到铺门有相当的余地;还是因为这是一家药店,药店到晚上生意就比较清淡——很少人晚上上药铺抓药的,他摆个摊子碍不着人家的买卖,都说不清。当初还一定是请人向药店的东家说了好话,亲自登门叩谢过的。反正,有年头了。他的摊子的全副"生财"——这地方把做买卖的用具叫做"生财",就寄放在药店店堂的后面过道里,挨墙放着,上面就是悬在二梁上的赵公元帅的神龛。这些"生财"包括两块长板,两条三条腿的高板凳(这种高凳一边两条腿,在两头;一边一条腿在当中),以及好几个一面装了玻璃的匣子。他把板凳支好,长板放平,玻璃匣子排开。这些玻璃匣子里装的是黑瓜子、白瓜子、盐炒豌豆、油炸豌豆、兰花豆、五香花生米,长板的一头摆开"熏烧"。"熏烧"除回卤豆腐干之外,主要是牛肉、蒲包肉和猪头肉。这地方一般人家是不大吃牛肉的。吃，也极少红烧、清炖，只是到熏烧摊子去买。这种牛肉是五香加盐煮好，外面染了通红的红曲，一大块一大块的堆在那里。买多少，现切，放在送过来的盘子里，抓一把青蒜，浇一勺辣椒糊。蒲包肉似乎是这个县里特有的。用一个三寸来长直径寸半的蒲包，里面衬上豆腐皮，塞满了加了粉子的碎肉，封了口，拦腰用一道麻绳系紧，成一个葫芦形。煮熟以后，倒出来，也是一个带有蒲包印迹的葫芦。切成片，很香。猪头肉则分门别类地卖，拱嘴、耳朵、脸子——脸子有个专门名词，叫"大肥"。要什么，切什么。到了上灯以后，王二的生意就到了高潮。只见他拿了刀不停地切，一面还忙着收钱，包油炸的、盐炒的豌豆、瓜子，很少有歇一歇的时候。一直忙到九点多钟，在他的两盏高罩的煤油灯里煤油已经点去了一多半，装熏烧的盘子和装豌豆的匣子都已经见了底的时候，他媳妇给他送饭来了，他才用热水擦一把脸，吃晚饭。吃完晚饭，总还有一些零零星星的生意，他不忙收摊子，就端了一杯热茶，坐到保全堂店堂里的椅子上，听人聊天，一面拿眼睛瞟着他的摊子，见有人走来，就起身切一盘，包两包。他的主顾都是熟人，谁什么时候来，买什么，他心里都是有数的。

这一条街上的店铺、摆摊的，生意如何，彼此都很清楚。近几年，景况都不大好。有几家好一些，但也只是能维持。有的是逐渐地败落下来了。先是货架上的东西越来越空，只出不进，最后就出让"生财"，关门歇业。只有王二的生意却越做越兴旺。他的摊子越摆越大，装炒货的匣子，装熏烧的洋磁盘子，越来越多。每天晚上到了买卖高潮的时候，摊子外面有时会拥着好些人。好天气还好，遇上下雨下雪（下雨下雪买他的东西的比平常更多），叫主顾在当街打伞站着，实在很不过意。于是经人说合，出了租钱，他就把他的摊子搬到隔壁源昌烟店的店堂里去了。

源昌烟店是个老名号，专卖旱烟，做门市，也做批发。一边是柜台，一边是刨烟的作坊。这一带抽的旱烟是刨成丝的。刨烟师傅把烟叶子一张一张立着叠在一个特制的木床子上，用皮绳木楔卡紧，两腿夹着床子，用一个刨刀有半尺宽的大刨子刨。烟是黄的。他们都穿了白布套裤。这套裤也都变黄了。下了工，脱了套裤，他们身上也到处是黄的。头发也是黄的。——手艺人都带着他那个行业特有的颜色。染坊师傅的指甲缝里都是蓝的，碾米师傅的眉毛总是白蒙蒙的。原来，源昌号每天有四个师傅、四副床子刨烟。每天总有一些大人孩子站在旁边看。后来减成三个，两个，一个。最后连这一个也辞了。这家的东家就靠卖一点纸烟、火柴、零包的茶叶维持生活，也还卖一点躉来的旱烟、皮丝烟。不知道为什么，原来挺敞亮的店堂变得黑暗了，牌匾上的金字也都无精打采了。那座柜台显得特别的大。大，而空。

王二来了，就占了半边店堂，就是原来刨烟师傅刨烟的地方。他的摊子原来在保全堂廊檐是东西向横放着的，迁到源昌，就改成南北向，直放了。所以，已经不能算是一个摊子，而是半个店铺了。他在原有的板子之外增加了一块，摆成一个曲尺形，俨然也就是一个柜台。他所卖的东西的品种也增加了。即以熏烧而论，除了原有的回卤豆腐干、牛肉、猪头肉、蒲包肉之外,春天,卖一种叫做"鵽"的野味——这是一种候鸟,长嘴长脚,因为是桃花开时来的,不知是哪位文人雅士给它起了一个名称叫"桃花鵽";卖鹌鹑;入冬以后,他就挂起一个长条形的玻璃镜框,里面用大红蜡笺写了泥金字:"即日起新添美味羊糕五香兔肉"。这地方没有人自己家里做羊肉的,都是从熏烧摊上买。只有一种吃法:带皮白煮,冻实,切片,加青蒜、辣椒糊,还有一把必不可少的胡萝卜丝(据说这是最能解膻气的)。酱油、醋,买回来自己加。兔肉,也像牛肉似的加盐和五香煮,染了通红的红曲。

这条街上过年时的春联是各式各样的。有的是特制嵌了字号的。比如保全堂,就是由该店拔贡出身的东家拟制的"保我黎民,全登寿域";有些大字号,比如布店,口气很大,贴的是"生涯宗子贡,贸易效陶朱";最常见的是"生意兴隆通四海,财源茂盛达三江";小本经营的买卖地则很谦虚地写出:"生意三春草,财源雨后花"。这末一副春联,用于王二的熏烧摊子准铺子,真是再贴切不过了,虽然王二并没有想到贴这样一副春联——他也没处贴呀——这铺面的字号还是"源昌"。他的生意真是三春草、雨后花一样地起来了。"起来"最显眼的标志是他把长罩煤油灯撤掉,挂起一盏呼呼作响的汽灯。须知,汽灯这东西只有钱庄、绸缎庄才用,而王二,居然在一个熏烧摊子的上面,挂起来了。这白亮白亮的汽灯,越显得源昌柜台里的一盏煤油灯十分的暗淡了。

王二的发达,是从他的生活也看得出来的。第一,他可以自由地去听书。王二最爱听书。走到街上,在形形色色招贴告示中间,他最注意的是说书的报条。那是三寸宽,四尺来长的一条黄颜色的纸,浓墨写道:"特聘维扬×××先生在×××(茶馆)开讲××(三国、水浒、岳传……)是月×日起风雨无阻。"以前去听书都要经过考虑。一是花钱,二是费时间,更主要的是考虑这于他的身份不大相称:一个卖熏烧的,常常听书,怕人议论。近年来,他觉得可以了,想听就去。小蓬莱、五柳园(这都是说书的茶馆),都去,三国、水浒、岳传,都听。尤其是夏天,天长,穿了竹布的或夏布的长衫,拿了一吊钱,就去了。下午的书一点开书,不到四点钟就"明日请早"了(这里说书的规矩是在说书先生说到预定的地方,留下一个扣子,跑堂的茶房高喝一声"明日请早——!"听客们就纷纷起身散场),这耽误不了他的生意。他一天忙到晚,只有这一段时间得空。第二,过年推牌九,他在下注时不犹豫。王二平常绝不赌钱,只有过年赌五天。过年赌钱不犯禁,家家店铺里都可赌钱。初一起,不做生意,铺门关起来,里面黑洞洞的。保全堂柜台里身,有一个小穿堂,是供神农祖师的地方,上面有个天窗,比较亮堂。拉开神农画像前的一张方桌,哗啦一声,骨牌和骰子就倒出来了。打麻将多是社会地拉相近的,推牌九则不论。谁都可以来。保全堂的"同仁"(除了陶先生和陈相公),替人家收房钱的抡元,卖活鱼的疤眼——他曾得外症,治愈后左眼留一大疤,小学生给他起了个外号叫"巴颜喀拉山",这外号竟传开了,一街人都叫他巴颜喀拉山,虽然有人不知道这是什么意思——王二。输赢说大不大，说小可也不少。十吊钱推一庄。十吊钱相当于三块洋钱。下注稍大的是一吊钱三三四，一吊钱分三道：三百、三百、四百。七点赢一道，八点赢两道，若是抓到一副九点或是天地杠，庄家赔一吊钱。王二下"三三四"是常事。有时竟会下到五吊钱一注孤丁，把五吊钱稳稳地推出去，心不跳，手不抖。（收房钱的抡元下到五百钱一注时手就抖个不住。）赢得多了，他也能上去推两庄。推牌九这玩意，财越大，气越粗，王二输的时候竟不多。

王二把他的买卖乔迁到隔壁源昌去了，但是每天九点以后他一定还是端了一杯茶到保全堂店堂里来坐个点把钟。儿子大了，晚上再来的零星生意，他一个人就可以应付了。

且说保全堂。

这是一家门面不大的药店。不知为什么，这药店的东家用人，不用本地人，从上到下，从管事的到挑水的，一律是淮城人。他们每年有一个月的假期，轮流回家，去干传宗接代的事。其余十一个月，都住在店里。他们的老婆就守十一个月的寡。药店的"同仁"，一律称为"先生"。先生里分为几等。一等的是"管事"，即经理。当了管事就是终身职务，很少听说过有东家把管事辞了的。除非老管事病故，才会延聘一位新管事。当了管事，就有"身股"，或称"人股"，到了年底可以按股分红。因此，他对生意是兢兢业业，忠心耿耿的。东家从不到店，管事负责一切。他照例一个人单独睡在神农像后面的一间屋子里，名叫"后柜"。总账、银钱，贵重的药材如犀角、羚羊、麝香，都锁在这间屋子里，钥匙在他身上——人参、鹿茸不算什么贵重东西。吃饭的时候,管事总是坐在横头末席,以示代表东家奉陪诸位先生。熬到"管事"能有几人?全城一共才有那么几家药店。保全堂的管事姓卢。二等的叫"刀上"。管切药和"跌"丸药。药店每天都有很多药要切"饮片",切得整齐不整齐,漂亮不漂亮,直接影响生意好坏。内行人一看,就知道这药是什么人切出来的。"刀上"是个技术人员,薪金最高,在店中地位也最尊。吃饭时他照例坐在上首的二席——除了有客,头席总是虚着的。逢年过节,药王生日(药王不是神农氏,却是孙思邈),有酒,管事的举杯,必得"刀上"先喝一口,大家才喝。保全堂的"刀上"是全县头一把刀,他要是闹脾气辞职,马上就有别家抢着请他去。好在此人虽有点高傲,有点倔,却轻易不发脾气。他姓许。其余的都叫"同事"。那读法却有点特别,重音在"同"字上。他们的职务就是抓药,写账。"同事"是没有什么了不起的,每年都有被辞退的可能。辞退时"管事"并不说话,只是在腊月有一桌辞年酒,算是东家向"同仁"道一年的辛苦,只要是把哪位"同事"请到上席去,该"同事"就二话不说,客客气气地卷起铺盖另谋高就。当然,事前就从旁漏出一点风声的,并不当真是打一闷棍。该辞退"同事"在八月节后就有预感。有的早就和别家谈好,很潇洒地走了;有的则请人斡旋,留一年再看。后一种,总要作一点"检讨",下一点"保证"。"回炉的烧饼不香",辞而不去,面上无光,身价就低了。保全堂的陶先生,就已经有三次要被请到上席了。他咳嗽痰喘,人也不精明。终于没有坐上席,一则是同行店伙纷纷来说情：辞了他，他上谁家去呢？谁家会要这样一个痰篓子呢？这岂非绝了他的生计？二则，他还有一点好处，即不回家。他四十多岁了，却没有传宗接代的任务，因为他没有娶过亲。这样，陶先生就只有更加勤勉，更加谨慎了。每逢他的喘病发作时，有人问："陶先生，你这两天又不大好吧？"他就一面喘噉着一面说："啊不，很好，很（呼噜呼噜）好！"

以上，是"先生"一级。"先生"以下，是学生意的。药店管学生意的却有一个奇怪称呼，叫做"相公"。

因此，这药店除煮饭挑水的之外，实有四等人："管事"、"刀上"、"同事"、"相公"。

保全堂的几位"相公"都已经过了三年零一节，满师走了。现有的"相公"姓陈。

陈相公脑袋大大的，眼睛圆圆的，嘴唇厚厚的，说话声气粗粗的——呜噜呜噜地说不清楚。

他一天的生活如下：起得比谁都早。起来就把"先生"们的尿壶都倒了涮干净控在厕所里。扫地。擦桌椅、擦柜台。到处掸土。开门。这地方的店铺大都是"铺闼子门"——一列宽可一尺的厚厚的门板嵌在门框和门槛的槽子里。陈相公就一块一块卸出来，按"东一"、"东二"、"东三"、"东四"、"西一"、"西二"、"西三"、"西四"次序，靠墙竖好。晒药，收药。太阳出来时，把许先生切好的"饮片"、"跌"好的丸药——都放在匾筛里，用头顶着，爬上梯子，到屋顶的晒台上放好；傍晚时再收下来。这是他一天最快乐的时候。他可以登高四望。看得见许多店铺和人家的房顶,都是黑黑的。看得见远处的绿树,绿树后面缓缓移动的帆。看得见鸽子,看得见飘动摇摆的风筝。到了七月,傍晚,还可以看巧云。七月的云多变幻,当地叫做"巧云"。那是真好看呀:灰的、白的、黄的、橘红的,镶着金边,一会一个样,像狮子的,像老虎的,像马的,像狗的。此时的陈相公,真是古人所说的"心旷神怡"。其余的时候,就很刻板枯燥了。碾药。两脚踏着木板,在一个船形的铁碾槽子里碾。倘若碾的是胡椒,就要不停地打喷嚏。裁纸。用一个大弯刀,把一沓一沓的白粉连纸裁成大小不等的方块,包药用。刷印包装纸。他每天还有两项例行的公事。上午,要搓很多抽水烟用的纸枚子。把装铜钱的钱板翻过来,用"表心纸"一根一根地搓。保全堂没有人抽水烟,但不知什么道理每天都要搓许多纸枚子,谁来都可取几根,这已经成了一种"传统"。下午,擦灯罩。药店里里外外,要用十来盏煤油灯。所有灯罩,每天都要擦一遍。晚上,摊膏药。从上灯起,直到王二过店堂里来闲坐,他一直都在摊膏药。到十点多钟,把先生们的尿壶都放到他们的床下,该吹灭的灯都吹灭了,上了门,他就可以准备睡觉了。先生们都睡在后面的厢屋里,陈相公睡在店堂里。把铺板一放,铺盖摊开,这就是他一个人的天地了。临睡前他总要背两篇《汤头歌诀》——药店的先生总要懂一点医道。小户人家有病不求医,到药店来说明病状,先生们随口就要说出:"吃一剂小柴胡汤吧","服三付藿香正气丸","上一点七厘散"。有时,坐在被窝里想一会家,想想他的多年守寡的母亲,想想他家房门背后的一张贴了多年的麒麟送子的年画。想不一会儿,困了,把脑袋放倒,立刻就响起了很大的鼾声。

陈相公已经学了一年多生意了。他已经给赵公元帅和神农爷烧了三十次香。初一、十五,都要给这二位烧香,这照例是陈相公的事。赵公元帅手执金鞭,身骑黑虎,两旁有一副八寸长的黑地金字的小对联:"手执金鞭驱宝至,身骑黑虎送财来。"神农爷虬髯披发,赤身露体,腰里围着一圈很大的树叶,手指甲、脚趾甲都很长,一只手捏着一棵灵芝草,坐在一块石头上。陈相公对这二位看得很熟,烧香的时候很虔敬。

陈相公老是挨打。学生意没有不挨打的,陈相公挨打的次数也似稍多了一点。挨打的原因大都是因为做错了事:纸裁歪了,灯罩擦破了。这孩子也好像不大聪明,记性不好,做事迟钝。打他的多是卢先生。卢先生不是暴脾气,打他是为他好,要他成人。有一次可挨了大打。他收药,下梯一脚踩空了,把一匾筛泽泻翻到了阴沟里。这回打他的是许先生。他用一根闩门的木棍没头没脸地把他痛打了一顿,打得这孩子哇哇地乱叫:"哎呀!哎呀!我下回不了!下回不了!哎呀!哎呀!我错了!哎呀!哎呀!"谁也不能去劝,因为知道许先生的脾气,越劝越打得凶,何况他这回的错是不小(泽泻不是贵药,但切起来很费工,要切成厚薄一样,状如铜钱的圆片)。后来还是煮饭的老朱来劝住了。这老朱来得比谁都早,人又出名的忠诚耿直。他从来没有正经吃过一顿饭,都是把大家吃剩的残汤剩水泡一点锅巴吃。因此,一店人都对他很敬畏。他一把夺过许先生手里的门闩,说了一句话:"他也是人生父母养的!"

陈相公挨了打,当时没敢哭。到了晚上,上了门,一个人呜呜地哭了半天。他向他远在故乡的母亲说:"妈妈,我又挨打了!妈妈,不要紧的,再挨两年打,我就能养活你老人家了!"

王二每天到保全堂店堂里来,是因为这里热闹。别的店铺到九点多钟,就没有什么人,往往只有一个管事在算账,一个学徒在打盹。保全堂正是高朋满座的时候。这些先生都是无家可归的光棍,这时都聚集到店堂里来。还有几个常客,收房钱的抡元,卖活鱼的巴颜喀拉山,给人家熬鸦片烟的老炳,还有一个张汉。这张汉是对门万顺酱园连家的一个亲戚兼食客,全名是张汉轩,大家却都叫他张汉。大概是觉得已经沦为食客,就不必"轩"了。此人有七十岁了,长得活脱像一个伏尔泰,一张尖脸,一个尖尖的鼻子。他年轻时在外地做过幕,走过很多地方,见多识广,什么都知道,是个百事通。比如说抽烟,他就告诉你烟有五种:水、旱、鼻、雅、潮,"雅"是鸦片。"潮"是潮烟,这地方谁也没见过。说喝酒,他就能说出山东黄、状元红、莲花白……说喝茶,他就告诉你狮峰龙井、苏州的碧螺春、云南的"烤茶"是在怎样一个罐里烤的,福建的功夫茶的茶杯比酒盅还小,就是吃了一只炖肘子,也只能喝三杯,这茶太酽了。他熟读《子不语》《夜雨秋灯录》,能讲许多鬼狐故事。他还知道云南怎样放蛊,湘西怎样赶尸。他还亲眼见到过旱魃、僵尸、狐狸精，有时间，有地点，有鼻子有眼。三教九流，医卜星相，他全知道。他读过《麻衣神相》《柳庄神相》，会算"奇门遁甲"、"六壬课"、"灵棋经"。他总要到快九点钟时才出现（白天不知道他干什么），他一来，大家精神为之一振，这一晚上就全听他一个人刮话。他很会讲，起承转合，抑扬顿挫，有声有色。他也像说书先生一样，说到筋节处就停住了，慢慢地抽烟，急得大家一劲地催他："后来呢？后来呢？"这也是陈相公一天比较快乐的时候。他一边摊着膏药，一边听着。有时，听得太入神了，摊膏药的扦子停留在油纸上，会废掉一张膏药。他一发现，赶紧偷偷塞进口袋里。这时也不会被发现，不会挨打。

有一天，张汉谈起人生有命。说朱洪武、沈万山、范丹是同年同月同日同时，都是丑时建生，鸡鸣头遍。但是一声鸡叫，可就命分三等了：抬头朱洪武，低头沈万山，勾一勾就是穷范丹。朱洪武贵为天子，沈万山富甲天下，穷范丹冻饿而死。他又说凡是成大事业，有大作为，兴旺发达的，都有异相，或有特殊的秉赋。汉高祖刘邦，股有七十二黑子——就是屁股上有七十二颗黑痣，谁有过？明太祖朱元璋，生就是五岳朝天——两额、两颧、下巴，都突出，状如五岳，谁有过？樊哙能把一个整猪腿生吃下去，燕人张翼德，睡着了也睁着眼睛。就是市井之人，凡有走了一步好运的，也莫不有与众不同之处。必有非常之人，乃成非常之事。大家听了，不禁暗暗点头。

张汉猛吸了几口旱烟，忽然话锋一转，向王二道：

"即以王二而论,他这些年飞黄腾达,财源茂盛,也必有其异秉。"

"……?"

王二不解何为"异秉"。

"就是与众不同,和别人不一样的地方。你说说,你说说!"

大家也都怂恿王二:"说说!说说!"

王二虽然发了一点财,却随时不忘自己的身份,从不僭越自大,在大家敦促之下,只有很诚恳地欠一欠身说:

"我呀,有那么一点:大小解分清。"他怕大家不懂,又解释道,"我解手时,总是先解小手,后解大手。"

张汉一听,拍了一下手,说:"就是说,不是屎尿一起来,难得!"

说着,已经过了十点半了,大家起身道别。该上门了。卢先生向柜台里一看,陈相公不见了,就大声喊:"陈相公!"

喊了几声,没人应声。

原来陈相公在厕所里。这是陶先生发现的。他一头走进厕所,发现陈相公已经蹲在那里。本来,这时候都不是他们俩解大手的时候。

一九四八年旧稿

一九八〇年五月二十日重写

羊舍一夕

（又名：四个孩子和一个夜晚）

一、夜　晚

火车过来了。

"216！往北京的上行车。"老九说。

于是他们放下手里的工作，一起听火车。老九和小吕都好像看见：先是一个雪亮的大灯，亮得叫人眼睛发胀。大灯好像在拼命地往外冒光，而且冒着气，嗤嗤地响。乌黑的铁，锃黄的铜。然后是绿色的车身，排山倒海地冲过来。车窗蜜黄色的灯光连续地映在果园东边的树墙子上，一方块，一方块，川流不息地追赶着……每回看到灯光那样猛烈地从树墙子上刮过去，你总觉得会刮下满地枝叶来似的。可是火车一过，还是那样：树墙子显得格外的安详，格外的绿。真怪。

这些，老九和小吕都太熟悉了。夏天，他们睡得晚，老是到路口去看火车。可现在是冬天了。那么,现在是什么样子呢?小吕想象,灯光一定会从树墙子的枝叶空隙处漏进来,落到果园的地面上来吧。可能!他想象着那灯光映在大梨树地间作的葱畦里,照着一地的大葱蓬松的,干的,发白的叶子……

车轮的声音逐渐模糊成为一片,像刮过一阵大风一样,过去了。

"十点四十七。"老九说。老九在附近山头上放了好几年羊了,他知道每一趟火车的时刻。

留孩说:"贵甲哥怎么还不回来?"

老九说:"他又排戏去了,一定回来得晚。"

小吕说:"这是什么奶哥!奶弟来了也不陪着,昨天是找羊,今天又去排戏!"

留孩说:"没关系,以后我们就常在一起了。"

老九说:"咱们烧山药吃,一边说话,一边等他。小吕,不是还有一包高山顶①吗?坐上!外屋缸里还有没有水?"

"有!"

于是三个人一起动手:小吕拿砂锅舀了多半锅水,抓起一把高山顶来撮在里面。这是老九放羊时摘来的。老九从麻袋里掏山药——他们在山坡上自己种的。留孩把炉子通了通,又加了点煤。

---

① 一种野生植物,可以当茶叶。

屋里一顺排了五张木床,联成一个大炕。一张是张士林的,他到狼山给场里去买果树苗子去了。隔壁还有一间小屋,锅灶俱全,是老羊倌住的。老羊倌请了假,看他的孙子去了。今天这里只剩下四个孩子:他们三个,和那个正在排戏的。

屋里有一盏自造的煤油灯——老九用墨水瓶子改造的,一个炉子。外边还有一间空屋,是个农具仓库,放着硫铵、石灰、DDT、铁桶、木叉、喷雾器……外屋门插着。门外,右边是羊圈,里边卧着四百只羊;前边是果园,什么都没有了,只剩下一点葱,还有一堆没有窖好的蔓菁。现在什么也看不见,外边是无边的昏黑。方圆左近,就只有这个半山坡上有一点点亮光。夜,正在深浓起来。

二、小 吕

小吕是果园的小工。这孩子长得清清秀秀的。原在本堡念小学。念到六年级了,忽然跟他爹说不想念了,要到农场做活去。他爹想:农场里能学技术,也能学文化,就同意了。后来才知道,他还有个心思。他有个哥哥,在念高中,还有个妹妹,也在上学。他爹在一个医院里当炊事员。他见他爹张罗着给他们交费,买书,有时要去跟工会借钱,他就决定了:我去做活,这样就是两个人养活五个人,我哥能够念多高就让他念多高。

这样,他就到农场里来做活了。他用一个牙刷把子,截断了,一头磨平,刻了一个小手章:吕志国。每回领了工资,除了伙食、零用(买个学习本,配两节电池……),全部交给他爹。有一次,不知怎么弄的(其实是因为他从场里给家里买了不少东西:菜,果子),拿回去的只有一块五毛钱。他爹接过来,笑笑说:

"这就是两个人养活五个人吗?"

吕志国的脸红了。他知道他偶然跟同志们说过的话传到他爹那里去了。他爹并不是责怪他,这句嘲笑的话里含着疼爱。他爹想:困难是有一点的,哪里就过不去呢?这孩子!究竟走怎样一条路好:继续上学?还是让他在这个农场里长大起来?

小吕已经在农场里长大起来了。在菜园干了半年,后来调到果园,也都半年了。

在菜园里,他干得不坏,组长说他学得很快,就是有点贪玩。调他来果园时,征求过他本人的意见,他像一个成年的大工一样,很爽快地说:"行!在哪里干活还不是一样。"乍一到果园时,他什么都不摸头,不大插得上手,有点别扭。但没过多久,他就发现,原来果园对他说来是个更合适的地方。果园里有许多活,大工来做有点窝工,一般女工又做不了,正需要一个伶俐的小工。登上高凳,爬上树顶,绑老架的葡萄条,果树摘心,套纸袋,捉金龟子,用一个小铁丝钩疏虫果,接了长长的竿子喷射天蓝色的波尔多液……在明丽的阳光和葱茏的绿叶当中做这些事,既是严肃的工作,又是轻松的游戏,既"起了作用",又很好玩,实在叫人快乐。这样的活,对于一个十四岁的孩子,不论在身体上、情绪上,都非常相投。

小吕很快就对果园的角角落落都熟悉了。他知道所有果木品种的名字：金冠、黄奎、元帅、国光、红玉、祝光；烟台梨、明月、二十世纪；密肠、日面红、秋梨、鸭梨、木头梨；白香蕉、柔丁香、老虎眼、大粒白、秋紫、金铃、玫瑰香、沙巴尔、黑汗、巴勒斯坦、白拿破仑……而且准确地知道每一棵果树的位置。有时组长给一个调来不久的工人布置一件工作，一下子不容易说清那地方，小吕在旁边，就说："去！小吕，你带他去，告诉他！"小吕有一件大红的球衣，干活时他喜欢把外面的衣裳脱去，于是，在果园里就经常看见通红的一团，轻快地、兴冲冲地弹跳出没于高高低低、深深浅浅的丛绿之中，惹得过路的人看了，眼睛里也不由得漾出笑意，觉得天色也明朗，风吹得也舒服。

小吕这就真算是果园的人了。他一回家就是说他的果园。他娘、他妹妹都知道，果园有了多少年了，有多少棵树，单葡萄就有八十多种，好多都是外国来的。葡萄还给毛主席送去过。有个大干部要路过这里，毛主席跟他说："你要过沙岭子，那里葡萄很好啊！"毛主席都知道的。果园里有些什么人，她们也都清清楚楚的了，大老张、二老张、大老刘、陈素花、恽美兰……还有个张士林！连这些人的家里的情形，他们有什么能耐，她们也都明明白白。连他爹对果园熟悉得也不下于他所在的医院了。他爹还特为上农场来看过他儿子常常叨念的那个年轻人张士林。他哥放暑假回来，第二天，他就拉他哥爬到孤山顶上去，指给他哥看：

"你看,你看!我们的果园多好看!一行一行的果树,一架一架的葡萄,整整齐齐,那么大一片,就跟画报上的一样,电影上的一样!"

小吕原来在家里住。七月,果子大起来了,需要有人下夜护秋。组长照例开个会,征求大家的意见。小吕说,他愿意搬来住。一来夏天到秋天是果园最好的时候。满树满挂的果子,都着了色,发出香气,弄得果园的空气都是甜甜的,闻着都醉人。这时节小吕总是那么兴奋,话也多,说话的声音也大,好像家里在办喜事似的。二来是,下夜,睡在窝棚里,铺着稻草,星星,又大又蓝的天,野兔子窜来窜去,鸱鸺悠①叫,还可能有狼!这非常有趣。张士林曾经笑他:"这小子,浪漫主义!"还有,搬过来,他可以和张士林在一起,日夜都在一起。

他很佩服张士林。曾经特为去照了一张相,送给张士林,在背面写道:"给敬爱的士林同志!"他用的字眼是充满真实的意思的。他佩服张士林那么年轻,才十九岁,就对果树懂得那么多。不论是修剪,是嫁接,都拿得起来,而且能讲一套。有一次林业学校的学生来参观,由他领着给他们讲,讲得那些学生一愣一愣的,不停地拿笔记本子记。领队的教员后来问张士林:"同志,你在什么学校学习过?"张士林说:"我上过高小。我们家世代都是果农,我是在果树林里长大的。"他佩服张士林说玩就玩,说看书就看

---

① 鸱鸺悠即猫头鹰。

书，看那么厚的，比一块城砖还厚的《果树栽培学概论》。佩服张士林能文能武，正跟场里的技术员合作搞试验，培养葡萄抗寒品种，每天拿个讲义夹子记载。佩服张士林能"代表"场里出去办事。采花粉呀，交换苗木呀……每逢张士林从场长办公室拿了介绍信，背上他的挎包，由宿舍走到火车站去，他就在心里非常羡慕。他说张士林是去当"大使"去了。小张一回来，他看见了，总是连蹦带跳地跑到路口去，一面接过小张的挎包，一面说："嗬！大使回来了！"

　　他愿意自己也像一个真正的果园技工。可是自己觉得不像。缺少两样东西：一样是树剪子。这里凡是固定在果园做活的，每人都有一把树剪子，装在皮套子里，挎在裤腰带后面，远看像支勃朗宁手枪。他多希望也有一把呀，走出走进——赫！可是他没有。他也有使树剪子的时候。大的手术他不敢动，比如矫正树形，把一个茶杯口粗细的枝丫截掉，他没有那么大的胆子。像是丁个头什么的，这他可不含糊，拿起剪子叭叭地剪。只是他并不老使树剪子，因此没有他专用的，要用就到小仓库架子上去拿"官中"剪子。这不带劲！"官中"的玩意儿总是那么没味道，而且，当然总是，不那么好使。净"塞牙"，不快，费那么大劲，还剪不断。看起来倒像是你不会使剪子似的！气人。

　　组长大老张见小吕剪两下看看他那剪子，剪两下看看他那剪子，心里发笑。有一天，从他的锁着的柜子里拿出一把全新的苏式树剪，叫："小吕！过来！这把剪子交给你，由你自己使：钝了自己磨,坏了自己修,绷簧掉了——跟公家领,可别老把绷簧搞丢了。小人小马小刀枪,正合适!"周围的人都笑了:因为这把剪子特别轻巧,特别小。小吕这可高了兴了,十分得意地说:"做啥像啥,卖啥吆喝啥嘛!"这算了了一桩心事。

自从有了这把剪子,他真是一日三摩挲。除了晚上脱衣服上床才解下来,一天不离身,没有事就把剪子拆开来,用砂纸打磨得锃亮,拿在手里都是精滑的。

今天晚上没事,他又打磨他的剪子了,在216次火车过去以前,一直在细细地磨。磨完了,涂上一层凡士林,用一块布包起来——明年再用。葡萄条已经铰完,今年不再有使剪子的活了。

另外一样,是嫁接刀。他想明年自己就先练习削树码子,练得熟熟的,像大老刘一样!也不用公家的刀,自己买。用惯了,顺手。他合计好了:把那把双箭牌塑料把的小刀卖去,已经说好了,猎倌小白要。打一个八折。原价一块六,六八四十八,八得八,一块二毛八。再贴一块钱,就可以买一把上等的角柄嫁接刀!他准备明天就去托黄技师,黄技师两三天就要上北京。

三、老　九

老九用四根油浸过的细皮条编一条一根葱的鞭子。这是一种很难的编法。四股皮条,这么绕来绕去的,一走神,就错了花,就拧成麻花要子了。老九就这么聚精会神地绕着,一面舔着他的舌头。绕一下,把舌头用力向嘴唇外边舔一下,绕一下,舔一下。有时忽然"唔"的一声。那就是绕错了花了,于是拆掉重来。他的确是用的劲儿不小,一根鞭子,道道花一般紧,地道活计!编完了,从墙上把那根旧鞭子取下来,拆掉皮鞘,把新鞭鞘结在那个楸子木刨出来的又重又硬又光滑的鞭杆子上,还挂在原来的地方。

可是这根鞭子他自己是用不成了。

老九算是这个场子里的世袭工人。他爹在场里赶大车,又是个扶耧的好手。他穿着开裆裤的时候,就在场里到处乱钻。使砖头砸杏儿、摘果子、偷萝卜、刨甜菜,都有他。稍大一点,能做点事了,就什么也做,放鸭子,喂小牛,搓玉米,锄豆埂……最近三年正式固定在羊舍,当"羊伴子"——小羊倌。老九是土生土长(小吕家是从外地搬来的),这一带地方,不论是哪个山豁豁,渠坳坳,他都去过,用他自己的说法是"尿尿都尿遍了"。这一带的人,不问老少男女,也无不知道有个秦老九。每天早起,日头上来,露水稍干的时候,只要听见:

蓝蓝的天上白云飘,

白云下边马儿跑……

就知是老九来了。——这孩子,生了一副上低音的宽嗓子!他每天把羊从圈里放出来,上了路,走在羊群前面,一定是唱这一支歌。一挥鞭子:

挥动鞭儿响四方——

百鸟齐飞翔……

矮粗矮粗的个子,方头大脸,黑眉毛大眼睛,大嘴,大脚。老九这双鞋也是奇怪,实纳帮,厚布底,满底钉了扁头铁钉,还特别大,走起来忒楞忒楞地响。一摇一晃的,来了!后面是四百只白花花的,挨挨挤挤,颤颤悠悠的羊,无数的小蹄子踏在地上,走过去像下了一阵暴雨。

老九发育得快,看样子比小吕魁伟壮实得多,像个小大人了。可是,有一次,他拿了家里的碗去食堂买饭,那碗恰恰跟食堂的碗一样,正好食堂里这两天丢了几个碗,管理员看见了,就说是食堂的,并且大声宣告"秦老九偷了食堂的碗!"老九把脸涨得通红,一句话说不出,忽然嗥叫起来:

"我×你妈!"

一面毫不克制地咧开大嘴哇哇地哭起来,使得一食堂的人都喝吼起来:

"喉噫,不兴骂人!"

"有话慢慢说,别哭!"

老九要是到了一个新地方,在一个新单位,做了真正的"工人",若是又受了点委屈,觉得自尊心受了损伤,还会这样哭,这样破口骂人么?

老九真的要走了,要去当炼钢工人去了。他有个舅舅,在二炼钢厂当工人,早就设法让老九进厂去学徒,他爹也愿意。有人问老九:

"老九,你咋啦,你不放羊了么?"

这叫老九很难回答。谁都知道炼钢好，光荣，工人阶级是老大哥。但是放羊呢？他就说：

"我爹不愿意我放羊，他说放羊不好。"

他也竭力想同意他爹的看法，说：

"放羊不好，把人都放懒了，啥也不会！"

其实他心里一点也不同意！如果这话要是别人说的，他会第一个起来大声反驳："你瞎说！你凭什么？"

放羊？嘿——

每天早起，打开羊圈门，把羊放出来。挥着鞭子，打着唿哨，嘴里"嘎！嘎"地喝唤着，赶着羊上了路。按照老羊倌的嘱咐，上哪一座山。到了坡上，把羊打开，一放一个满天星——都匀匀地撒开；或者凤凰单展翅——顺着山坡，斜斜地上去，走成一溜。羊安安驯驯地吃开草，就不用操什么心了。羊群缓缓地往前推移，远看，像一片云彩在坡上流动。天也蓝，山也绿，洋河的水在树林子后面白亮白亮的。农场的房屋、果树，都看得清清楚楚。一列一列的火车过来过去，看起来又精巧又灵活，简直不像是那么大的玩意。真好呀，你觉得心都轻飘飘的。

"放羊不是艺，笨工子下不地！①"不会放羊的，打都打不开。羊老是恋成一疙瘩，挤成一堆，走不成阵势，吃不好草。老九刚放羊时，也是这样。老九蹦过来，追过去，累得满头大汗，心里急得

---

① "笨工子"是外行。"下不地"是说应付不了。

咚咚地跳,还是弄不好!有一次,老羊倌病了,就他跟丁贵甲两个人上山,丁贵甲也还没什么经验,竟至弄得羊散了群,几乎下不了山。现在,老羊倌根本不怎么上山了,他俩也满对付得了这四百只羊了。问老九:"放羊是咋放法?"他也说不出,但是他会告诉你老羊倌说过的:看羊群一走,就知道这羊倌放了几年羊了。

放羊的能吃到好东西。山上有野兔子,一个有六七斤重。有石鸡子,有半鸠子。石鸡子跟小野鸡似的,一个准有十两肉。半鸠子一个准有半斤。你听:"呱格丹,呱格丹!呱格丹!"那是母石鸡子唤它汉子了。你不要忙,等着,不大一会,就听见对面山上"呱呱呱呱呱呱……",你轻手轻脚地去,一捉就是一对。山上还有鸺鸹,就是野鸽子。"天鹅、地鹊、鸽子肉、黄鼠",这是上讲究的。鸺鸹肉比鸽子还好吃。黄鼠也有,不过滩里更多。放羊的吃肉,只有一种办法:和点泥,把打住的野物糊起来,拾一把柴架起火来,烧熟。真香!山上有酸枣,有榛子,有槠林,有红姑蔫,有酸溜溜,有梭瓜瓜,有各色各样的野果。大北滩有一片大桑树林子,夏天结了满树的大桑椹,也没有人去采,落在地下,把地皮都染紫了。每回放羊回来经过,一定是"饱餐一顿",吃得嘴唇、牙齿、舌头都是紫的,真过瘾!……

放羊苦么?

咋不苦!最苦是夏天。羊一年上不上膘,全看夏天吃草吃得好不好。夏天放羊,又全靠晌午。"打柴一日,放羊一晌"。早起的露水草,羊吃了不好。要上膘,要不得病,就得吃太阳晒过的蔫筋草。可是这时正是最热的时候。不好找个阴凉地方躲着么?不行啊!你怕热,羊也怕热哩。它不给你好好地吃!它也躲阴凉。你看:都把头埋下来,挤成一疙瘩,净想躲在别的羊的影子里,往别个的肚子底下钻。这你就得不停地打。打散了,它就吃草了。可是打散了,一会会儿,它又挤到一块去!打散了,一会会儿,它又挤到一块去了。你想休息?甭想。一夏天这么大太阳晒着,烧得你嘴唇、上腭都是烂的!

真渴呀。这会儿,农场里给预备了行军壶,自然是好了。若是在旧社会,给地主家放羊,他不给你带水。给你一袋炒面,你就上山吧!你一个人,又不敢走远了去弄水,狼把羊吃了怎办?渴急了,就只好自己喝自己的尿。这在放羊的不是稀罕事。老羊倌就喝过,丁贵甲小时当小羊伴子,也喝过,老九没喝过。不过他知道这些事。就是有行军壶,你也不敢多喝。若是敞开来,由着性儿喝,好家伙,那得多少水?只好抿一点儿,抿一点儿,叫嗓子眼潮润一下就行。

好天还好说,就怕刮风下雨。刮风下雨也好说,就怕下雹子。老九就遇上过。有一回,在马脊梁山,遇了一场大雹子!下了足有二十分钟,足有鸡蛋大。砸得一群羊惊惶失措,满山乱跑,咩咩地叫成一片。砸坏了二三十只,跛了腿,起不来了。后来是老羊倌、丁贵甲和老九一趟一趟地抱回来的。吓得老九那天沉不住了,脸上一阵白,一阵紫,他觉得透不出气来。不是老羊倌把他那个竹皮大斗笠给他盖住,又给他喝了几口他带在身上的白酒,说不定就回不来啦。

　　但是这些,从来也没有使老九告过孬,发过怵。他现在回想起来倒都觉得很痛快,很甜蜜,很幸福。他甚至觉得遇上那场雹子是运气。这使他觉得生活丰富、充实,使他觉得自己能够算得上是一个有资格、有经验的羊倌了,是个见识过的,干过一点事情的人了,不再是只知道要窝窝吃的毛孩子了。这些,苦热、苦渴、风雨、冷雹,将和那些蓝天、白云、绿山、白羊、石鸡、野兔、酸枣、桑椹互相融和调合起来,变成一幅浓郁鲜明的图画,永远记述着秦老九的十五岁的少年的光阴,日后使他在不同的环境中还会常常回想。他从这里得到多少有用的生活的技能和知识,受了好多的陶冶和锻炼啊。这些,在他将来炼钢的时候,或者履行着别样的职务时,都还会在他的血液里涌泲,给予他持续的力量。

　　但是他的情绪日渐向往于炼钢了。他在电影里,在招贴画上,看过不少炼钢的工人,他的关于炼钢的知识和印象也就限于这些。他不止一次设想自己下一个阶段的样子——一个炼钢工人:戴一顶大八角鸭舌帽,帽舌下有一副蓝颜色的像两扇小窗户一样的眼镜,穿着水龙布的工作服——他不知那是什么布,只觉得很厚,很粗,场子里有水泵,水泵上用的管子也是用布做的,也很厚,很粗,他以为工作服就是那种布——戴了很大很大的手套,拿着一个很长的后面有个大圈的铁家伙……没人的时候,他站在床上,拿着小吕护秋用的标枪,比划着,比划着。他觉得前面,偏左一点,是炼钢的炉子,轰隆轰隆的熊熊的大火。他觉得火光灼着他的眼睛,甚至感觉得到他左边的额头和脸颊上明明有火的热度。他的眼睛眯细起来,眯细起来……他出神地体验着,半天,半天,一动也不动。果园的大老张一头闯进来,看见老九脸上的古怪表情(姿势赶快就改了,标枪也撂了,可是脸上没有来得及变样——他这么眯细着太久了,肌肉一下子也变不过来),忍不住问:"老九,你在干啥呢?你是怎么啦?"

今天晚上,老九可是专心致志地打了一晚上鞭子。你已经要去炼钢了,还编什么鞭子呢?

一来是习惯。他不还没有走吗?他明天把行李搬回去,叫他娘拆洗拆洗,三天后才动身呢。那么,既在这里,总要找点事做。这根鞭子早就想到要编了。编起来,他不用,总有人用。何况,他本来已经想好,在编着的时候又更确实地重复了一遍他的决定:这根鞭子送给留孩,明天走的时候送给他。

四、留孩和丁贵甲

留孩和丁贵甲是奶兄弟。这一带风俗,对奶亲看得很重。结婚时先给奶爹奶母磕头;奶爹奶母死了,像给自己的爹妈一样地戴孝。奶兄弟,奶姊妹,比姨姑兄弟姊妹都亲。丁贵甲的亲娘还没有出月子就死了,丁贵甲从小在留孩娘跟前寄奶。后来丁贵甲的爹得了腰疼病,终于也死了。他在给人家当小羊伴子以前,一直就在留孩家长大。丁贵甲有时请假说回家看看,就指的是留孩的家。除此之外,他的家便是这个场了。

  留孩一年也短不了来看他奶哥。过去大都是他爹带他来,这回是他自己来的——他爹在生产队里事忙,三五天内分不开身;而且他这回来和往回不同:他是来谈工作的。他要来顶老九的手。留孩早就想过到这个场里来工作。他奶哥也早跟场领导提了。这回谈妥了,老九一走,留孩就搬过来住。

  留孩,你为什么想到场子里来呢?这儿有你奶哥;还有?——"这里好。"这里怎么好?——"说不上来。"

  ……

  这里有火车。

  这里有电影,两个星期就放映一回,常演打仗片子,捉特务。

  这里有很多小人书。图书馆里有一大柜子。

  这里有很多机器。播种机、收割机、脱粒机——张牙舞爪,排成一大片。

  这里庄稼都长得整齐。先用个大三齿耙似的家伙在地里划出线,长出来,笔直。

  这里有花生、芝麻、红白薯……这一带都没有种过,也长得挺好。

  有果园,有菜园。

  有玻璃房子,好几排,亮堂堂的,冬天也结西红柿,结黄瓜。黄瓜那么绿,西红柿那么红,跟上了颜色一样。

  有很多鸡,都一色是白的;有很多鸭,也一色是白的。风一吹,白毛儿忒勒勒飘翻起来,真好看。有很多很多猪,都是短嘴头子,大腮帮子,巴克夏,约克夏。这里还有养鱼池,看得见一条一条的鱼在水里游……

这里还有羊。这里的羊也不一样。留孩第一次来,一眼就看到:这里的羊都长了个狗尾巴。不是像那样扁不塌塌的沉甸甸颤巍巍地坠着,遮住屁股蛋子,而是很细很长的一条,当郎着。他先初以为这不像样子,怪寒碜的。后来当然知道,这不是本地羊,是本地羊和高加索绵羊的杂交种。这种羊,一把都抓不透的毛子,做一件皮袄,三九天你尽管躺到洋河冰上去睡觉吧!既是这样,那么尾巴长得不大体面,也就可以原谅了。

那两头"高加索",好家伙,比毛驴还大。那么大个脑袋(老羊倌说一个脑袋有十三斤肉),两盘大角,不知绕了多少圈,最后还旋扭着向两边支出来。脖子下的皮皱成数不清的折子,鼓鼓囊囊的,像围了一个大花领子。老是慢吞吞地,稳稳重重地在草地上踱着步。时不时地,停下来,斜着眼,这边看看,那边看看,样子很威严,很尊贵。留孩觉得它很像张士林的一本游记书上画的盛装的非洲老酋长。老九叫他骑一骑。留孩说:"羊嘛,咋骑得!"老九说:"行!"留孩当真骑上去,不想它立刻围着羊舍的场子开起小跑来,步子又匀,身子又稳!原来这两只羊已经叫老九训练得很善于做本来是驴应做的事了。

留孩,你过两天就是这个场子里的一个农业工人了。就要每天和这两个老酋长,还有那四百只狗尾巴的羊做伴了,你觉得怎么样，好呢还是不好？——"好。"

　　场子里老一点的工人都还记得丁贵甲刚来的时候的样子。又干又瘦，换了件丁令当郎的老羊皮，一卷行李还没个枕头粗。问他多大了，说是十二，谁也不相信。待问过他属什么，算一算，却又不错。不论什么时候，都是那么寒簌簌的；见了人，总是那么怯生生的。有的工人家属见他走过，私下担心：这孩子怕活不出来。场子里支部书记有一天远远地看了他半天，说，这孩子怎么的呢，别是有病吧，送医院里检查检查吧。一检查：是肺结核。在医院整整住了一年，好了，人也好像变了一个。接着，这小子，好像遭了掐脖旱的小苗子，一朝得着足量的肥水，嗖嗖地飞长起来，三四年工夫，长成了一个肩阔胸高腰细腿长的，非常匀称挺拔的小伙子。一身肌肉，晒得紫黑紫黑的。照一个当饲养员的王全老汉的说法：像个小马驹子。

　　这马驹子如今是个无事忙，什么事都有他一份。只要是球，他都愿意摸一摸。放了一天羊，爬了一天山，走了那么远的路，回来扒拉两大碗饭，放下碗就到球场上去。逢到节日，有球赛，连打两场，完了还不休息。别人都已经走净了，他一个人在月亮地里还绷楞绷楞地投篮。摸鱼，捉蛇，掏雀，撵兔子，只要一声吆唤，马上就跟你走。哪里有夜战，临时突击一件什么工作，挑渠啦，挖沙啦，不用招呼，他扛着铁锨就来了。也不问青红皂白，吭吭就干起来。冬天刨冻粪，这是个最费劲的活，常言说："刨过个冻粪哪，做过个怕梦哪!"他最愿意揽这个活。使尖镐对准一个口子,憋足了劲:"许一个猪头——开!许一个羊头——开!开——开!狗头也不许了①!"这小伙子好像有太多过剩的精力,不找点什么重实点的活消耗消耗,就觉得不舒服似的。

小伙子一天无忧无虑,不大有心眼。什么也不盘算。开会很少发言,学习也不大好,在场里陆续认下的两个字还没有留孩认得的多。整天就知道干活、玩。也喜欢看电影。他把所有的电影分成两大类:一类是打仗的,一类是找媳妇的。凡是打仗的,就都"好!"凡是找媳妇的,就"唉噫,不看不看!"找媳妇的电影尚且不看,真的找媳妇那更是想都不想了。他奶母早就想张罗着给他寻一个对象了。每次他回家,他奶母都问他场子里有没有好看的姑娘,他总是回答得不得要领。他说林凤梅长得好,五四也长得好。问了问,原来林凤梅是场里生产队长的爱人,已经生过三个孩子;五四是个幼儿园的孩子,一九五四年生的! 好像恰恰是和他这个年龄相当的,他都没有留心过。奶母没法,只好摇头。其实场子里这个年龄的,很有几个,也有几个长得不难看的。她们有时谈悄悄话的时候,也常提到他。有一个念过一年初中的菜园组长的女儿,给他做了个鉴定,说:"他长得像周炳,有一个名字正好送给他:《三家巷》第一章的题目!"其余几个没有看过《三家巷》的,就

---

① 这本来是开山的石匠的习语。在石头未破开前许愿:如果开了,则用一个羊头、猪头作贡献;但当真开了,即什么也不许了。

找了这本小说来看。一看,原来是"长得很俊的傻孩子",她们格格格地笑了一晚上。于是每次在丁贵甲走过时,她们就更加留神看他,一面看,一面想想这个名字,便格格格地笑。这很快就固定下来,成为她们私下对于他的专用的称呼,后来又简化、缩短,由"长得很俊的傻孩子"变成"很俊的——"。正在做活,有人轻轻一嘀咕:"嗨!很俊的来了!"于是都偷眼看他,于是又格格格地笑。

这些,丁贵甲全不理会。他一点也不知道他有这么一个名字。起先两回,有人在他身后格格地笑,笑得他也疑惑,怕是老九和小吕在他歇晌时给他在脸上画了眼镜或者胡子。后来听惯了,也不以为意,只是在心里说:丫头们,事多!

其实,丁贵甲因为从小失去爹娘,多受苦难,在情绪上智慧上所受的启发诱导不多;后来在这样一个集体的环境中成长,接触的人事单纯,又缺少一点文化,以致形成他思想单纯,有时甚至显得有点愣,不那么精灵。这是一块璞,如果在一个更坚利精微的砂轮上磨铣一回,就会放出更晶莹的光润。理想的砂轮,是部队。丁贵甲正是日夜念念不忘地想去参军。他之所以一点也不理会"丫头们"的事,也和他的立志做解放军战士有关。他现在正是服役适龄。上个月底,刚满十八足岁。

丁贵甲这会儿正在演戏。他演戏,本来不合适,嗓子不好,唱起来不搭调。而且他也未必是对演戏本身真有兴趣。真要派他一个重要一点的角色,他会以记词为苦事,背锣经为麻烦。他的角色也不好派,导演每次都考虑很久,结果总是派他演家院。就是演家院,他也不像个家院。照一个天才鼓师(这鼓师即猪倌小白,比丁贵甲还小两岁,可是打得一手好鼓)说:"你根本就一点都不像一个古人!"可不是,他直直地站在台上,太健康,太英俊,实在不像么一回事,虽则是穿了老斗衣,还挂了一副白满。但是他还是非常热心地去。他大概不过是觉得排戏人多,好玩。红火,热闹,大锣大鼓地一敲,哇哇地吼几嗓子,这对他的蓬勃炽旺的生命,是能起鼓扬疏导作用的。他觉得这么闹一阵,舒服。不然,这么长的黑夜,你叫他干什么去呢,难道像王全似的摊开盖窝睡觉?

现在秋收工作已经彻底结束,地了场光,粮食入库,冬季学习却还没有开始,所以场里决定让业余剧团演两晚上戏,劳逸结合。新排和重排的三个戏里都有他,两个是家院,一个是中军。以前已经拉了几场了,最近连排三个晚上,可是他不能去,这把他着急坏了。

因为丢了一只半大羊羔子。大前天,老九舅舅来了,早起老九和丁贵甲一起把羊放上山,晌午他先回一步,丁贵甲一个人把羊赶回家的。入圈的时候,一数,少了一只。丁贵甲连饭也没吃,告诉小吕,叫他请大老张去跟生产队说一声,转身就返回去找了。找了一晚上,十二点了,也没找到。前天,叫老九把羊赶回来,给他留点饭,他又一个人找了一晚上,还是没找到。回来,老九给他把饭热好了,他吃了多半碗就睡了。这两天老羊倌又没在,也没个人讨主意!昨天,生产队长说:找不到就算了,算是个事故,以后不要麻痹。看样子是找不到了,两夜了,不是叫人拉走,也要叫野物吃了。但是他不死心,还要找。他上山时就带了一点干粮,对老九说:"我准备找一通夜!找不到不回来。若是人拉走了,就不说了;若是野物吃了,骨头我也要找它回来,它总不能连皮带骨头全都咽下去。不过就是这么几座山,几片滩,它不能土遁了,我一个脚印一个脚印地把你盖遍了,我看你跑到哪里去!"老九说他把羊赶回去也来,还可以叫小吕一起来帮助找,丁贵甲说:"不。家里没有人怎么行?晚上谁起来看羊圈?还要闷料——玉黍在老羊倌屋里,先用那个小麻袋里的。小吕子不行,他路不熟,胆子也小,黑夜没有在山野里待过。"正说着,他奶弟来了。他知道他这天来的,就跟奶弟说:"我今天要找羊。事情都说好了,你请小吕陪你到办公室,填一个表,我跟他说了。晚上你先睡吧,甭等我。我叫小吕给你借了几本小人书,你看。要是有什么问题,你先找一下大老张,让他告诉你。"

晚上,老九和留孩都已经睡实了,小吕也都正在迷糊着了——他们等着等着都困了,忽然听见他连笑带嚷地来了:

"哎!找到啦!找到啦!还活着哩!哎!快都起来!都起来!找到啦!我说它能跑到哪里去呢?哎——"

这三个人赶紧一骨碌都起来,小吕还穿衣裳,老九是光着屁股就跳下床来了。留孩根本没脱——他原想等他奶哥的,不想就这么睡着了,身上的被子也不知是谁给搭上的。

"找到啦?"

"找到啦!"

"在哪儿哪?"

"在这儿哪。"

原来他把自己的皮袄脱下来给羊包上了,所以看不见。大家于是七手八脚地给羊舀一点水,又倒了点精料让它吃。这羔子,饿得够呛,乏得不行啦。一面又问:

"在哪里找到的?"

"怎么找到的?"

"黑咕隆咚的,你咋看见啦?"

丁贵甲嚼着干粮(他干粮还没吃哩),一面喝水,一面说:

"我哪儿哪儿都找了。沿着我们那天放羊走过的地方,来回走了三个过儿——前两天我都来回地找过了:没有!我心想:哪儿去了呢?我一边找,一边捉摸它的个头、长相,想着它的叫声,忽然,我想起:叫叫看,怎么样?试试!我就叫!漫山遍野地叫。不见答音。四外静悄悄的,只有宁远铁厂的吹风机远远地呼呼地响,也听不大真切,就我一个人的声音。我还叫。忽然,——'咩……'我说,别是我耳朵听岔了音,想的?我又叫——'咩……咩……'这回我听真了,没错!这还能错?我天天听惯了的,娇声娇气的!我赶紧奔过去——看我膝盖上摔的这大块青——破了!路上有棵新伐树桩子,我一喜欢,忘了,叭叉摔出去丈把远,喔唷,真他妈的!肿了没有?老九,给我拿点碘酒——不要二百二,要碘酒,妈的,辣辣的,有劲!——把我帽子都摔丢了!我找了羊,又找帽子。找帽子又找了半天！真他妈缺德！他早不伐树晚不伐树，赶爷要找羊，他伐树！

"你说在哪儿找到的？太史弯不有个荒沙梁子吗？拐弯那儿不是叫山洪冲了个豁子吗？笔陡的，那底下不是坟滩吗？前天，老九，我们不是看见人家迁坟吗，刨了一半，露了棺材，不知为什么又不刨了！这毬东西，爷要打你！它不是老爱走外手边①吗，大概是豁口那儿沙软了，往下塌，别的羊一挤，它就滚下去了！有那么巧，可正掉在坟窟窿里！掉在烂棺材里！出不来了！棺材在土里埋了有日子了，糟朽了，它一砸，就折了，它站在一堆死人骨头里——那里头倒不冷！不然饿不杀你也冻杀你！外边挺黑。可我在黑里年久了，有点把星星的光就能瞅见。我又叫一声——'咩……'不错！就在这里。它是白的，我模模糊糊看见有一点白晃晃的，下面一摸，正是它！小东西！可把爷担心得够呛！累得够呛！明天就叫伙房宰了你！我看你还爱走外手边！还爱走外手边？唔？"

等羊缓过一点来，有了精神，把它抱回羊圈里去，收拾睡下，已经是后半夜了。

今天，白天他带着留孩上山放了一天羊，告诉他什么地方的草好，什么地方有毒草。几月里放阳坡，上什么山；几月里放阴

---

① 外手边是右边。这本来是赶车人的说法。赶车人都习惯于跨坐在左辕，所以称左边为里手边或里边，右边为外手边或外边。

坡,上什么山;什么山是半椅子臂①,该什么时候放。哪里蛇多,哪里有个暖泉,哪里地里有碱。看见大栅栏落下来了,千万不能过——火车要来了。片石山每天十一点五十要放炮崩山,不能去那里……其实日子长着呢,非得赶今天都告诉你奶弟干什么?

晚上,烧了一个小吕在果园里拾来的刺猬,四个人吃了,玩了一会,他就急急忙忙去侍候他的家爷和元帅去了,他知道奶弟不会怪他的。到这会还不回来。

五、夜,正深浓起来

小吕从来没放过羊,他觉得很奇怪,就问老九和留孩:

"你们每天放羊,都数么?"

留孩和老九同声回答:

"当然数,不数还行哩?早起出圈,晚上回来进圈,都数。不数,丢了你怎么知道?"

"那咋数法?"

咋数法?留孩和老九不懂他的意思,两个人互相看看。老九想了想,哦!

"也有两个一数的,也有三个一数的,数得过来五个一数也行,数不过来一个一个地数!"

---

① 南北方向的小岭,两边坡上都常见阳光,形状略似椅臂。

"不是这意思！羊是活的嘛！它要跑,这么窜着蹦着挨着挤着,又不是数一笸箩梨,一把树码子,摆着。这你怎么数?"

老九和留孩想一想,笑起来,是倒也是,可是他们小时候放羊用不着他们数,到用到自己数的时候,自然就会了。从来没发生这样的问题。老九又想了想,说:

"看熟了。羊你都认得了,不会看花了眼的。过过眼就行。猪舍那么多猪,我看都是一样。小白就全都认得,小猪娃子跑出来了,他一把抱住,就知往哪个圈里送。也是熟了,一样的。"

小吕想象,若叫自己数,一定不行,非数乱了不可！数着数着,乱了——重来；数着数着,乱了——重来！那,一天早上也出不了圈,晚上也进不了家,净来回数了！他想着那情景,不由得嘿嘿地笑起来,下结论说:

"真是隔行如隔山。"

老九说:

"我看你给葡萄花去雄授粉,也怪麻烦的！那么小的花须,要用镊子夹掉,还不许蹭着柱头！我那天夹了几个,把眼都看酸了！"

小吕又想起昨天晚上丁贵甲一个人满山叫小羊的情形,想起那么黑,那么静,就只听见自己的声音,想起坟窟窿,棺材,对留孩说:

"你奶哥胆真大！"

留孩说:"他现在胆大,人大了。"

小吕问留孩和老九：

"要叫你们去，一个人，敢么？"

老九和留孩都没有肯定地回答。老九说：

"丁贵甲叫羊急的，就是怕，也顾不上了。事到临头，就得去。这一带他也走熟了。他晚上排戏还不老是十一二点回来。也就是解放后，我爹说，十多年头里，过了扬旗，晚上就没人敢走了。那里不清静，劫过人，还把人杀了。"

"在哪里？"

"过了扬旗。准地方我也不知道。"

"……"

"——这里有狼么？"小吕想到狼了。

"有。"

"河南①狼多，"留孩说，"这两年也少了。"

"他们说是五八年大炼钢铁炼的，到处都是火，烘烘烘，狼都吓得进了大山了。有还是有的。老郑黑夜浇地还碰上过。"

"那我怎么下了好几个月夜，也没碰上过？"

"有！你没有碰上就是了。要是谁都碰上，那不成了口外的狼窝沟了！这附近就有，还来果园。你问问老刘，他还打死过一只——一肚子都是葡萄。"

小吕很有兴趣了，留孩也奇怪，怎么都是葡萄，就都一起问：

---

① 洋河以南。

"咋回事？咋回事？"

"那年,还是李场长在的时候哩！葡萄老是丢,而且总是丢白香蕉。大老刘就夜夜守着,原来不是人偷的,是一只狼。李场长说：'老刘,你敢打么？'老刘说'敢！'老刘就对着它每天来回走的那条车路,挖了一道壕子,趴在里面,拿上枪,上好子弹,等着……"

"什么枪,是这支火枪么？"

"不是,"老九把羊舍的火枪往身边靠了靠,说,"是老陈守夜的快枪——等了它三夜,来了！一枪就给撂倒了。打开膛：一肚子都是葡萄,还都是白香蕉！这老家伙可会挑嘴哩,它也知道白香蕉葡萄好吃！"

留孩说："狼吃葡萄么？狼吃肉,不是说'狼行千里吃肉'么？"

老九说："吃。狼也吃葡萄。"

小吕说："这狼大概是个吃素的,是个把斋的老道！"

说得留孩和老九都笑起来。

"都说狼会赶羊,是真的么？狼要吃哪只羊,就拿尾巴拍拍它,像哄孩子一样,羊就乖乖地在前头走,是真的么？"

"哪有这回事！"

"没有！"

"那人怎么都这么说？"

"是这样——狼一口咬住羊的脖子,拖着羊,羊疼哩,就走,狼又用尾巴抽它,——哪是拍它！嗯撒——嗯撒——嗯撒,看起来轻轻的,你看不清楚,就像狼赶羊,其实还是狼拖羊。它要不咬住它,它跟你走才怪哩!"

"你们看见过么?留孩,你见过么?"

"我没见过,我是在家听贵甲哥说过的。贵甲哥在家给人当羊伴子时候,可没少见过狼。他还叫狼吓出过毛病,这会不知好了没有,我也没问他。"

这连老九也不知道,问:

"咋回事?"

"那年,他跟上羊倌上山了。我们那里的山高,又陡,差不多的人连羊路都找不到。羊倌到沟里找水去了,叫贵甲哥一个人看一会。贵甲哥一看,一群羊都惊起来了,一个一个哆里哆嗦的,又低低地叫唤。贵甲哥心里嘭通一下——狼!一看,灰黄灰黄的,毛茸茸的,挺大,就在前面山杏丛里。旁边有棵树,吓得贵甲哥一蹿就上树了。狼叼了一只大羔子,使尾巴赶着,嗖拉一下子就从树下过去了,吓得贵甲哥尿了一裤子。后来,只要有点着急事,下面就会津津地漏出尿来。这会他胆大了,小时候,——也怕。"

"前两天丢了羊,也着急了,咱们问问他尿了没有?"

"对!问他!不说就扒他的裤子检查!"

茶开了。小吕把沙锅端下来,把火边的山药翻了翻。老九在挎包里摸了摸,昨天吃剩的朝阳瓜子还有一把,就兜底倒出来,一边喝着高山顶,一边嗑瓜子。

"你们说,有鬼没有?"这回是老九提出问题。

留孩说:"有。"

小吕说:"没有。"

"有来,"老九自己说,"就在咱们西南边,不很远,从前是个鬼市,还有鬼饭馆。人们常去听,半夜里,乒乒乓乓地炒菜,勺子铲子响,可热闹啦!"

"在哪里?"这小吕倒很想去听听,这又不可怕。

"现在没有了。现在那边是兽医学校的牛棚。"

"哎噫——"小吕失望了,"我不相信,这不知是谁造出来的!鬼还炒菜?!"

留孩说:"怎么没有鬼?我听我大爷说过:

"有一帮河南人,到口外去割莜麦。走到半路上,前不巴村,后不巴店,天也黑夜了,有一个旧马棚,空着,也还有个门,能插上,他们就住进去了。在一个大草滩子里,没有一点人烟。都睡下了。有一个汉子烟瘾大,点了个蜡头在抽烟。听到外面有人说:

"'你老们,起来解手时多走两步噢,别尿湿了我这疙瘩毡子,我就这么一块毡子啊!'

"这汉子也没理会,就答了一声:

"'知道啦。'

"一会儿,又是:

"'你老们,起来解手时多走两步噢,别尿湿了我这疙瘩毡子,我就这么一块毡子啊!'

"'知道啦。'

"一会儿,又来啦:

"'你老们,起来解手时多走两步噢,别尿湿了我这疙瘩毡子,我就这么一块毡子啊!'

"'知道啦!你怎么这么噜苏啊!'

"'我怎么噜苏啦?'

"'你就是噜苏!'

"'我怎么噜苏?'

"'你噜苏!'

"两个就隔着门吵起来,越吵越凶。外面说:

"'你敢给爷出来!'

"'出来就出来!'

"那汉子伸手就要拉门,回身一看:所有的人都拿眼睛看住他,一起轻轻地摇头。这汉子这才想起来,吓得脸煞白——"

"怎么啦?"

"外边怎么可能有人啊,这么个大草滩子里?撒尿怎么会尿湿了他的毡子啊?他们都想,来的时候仿佛离墙不远有一疙瘩土,像是一个坟。这是鬼,也是像他们一样背了一块毡子来割莜麦的,死在这里了。这大概还是一个同乡。

"第二天,他们起来看,果然有一座新坟。他们给他加加土,就走了。"

这故事倒不怎么可怕,只是说得老九和小吕心里都为这个客死在野地里的只有一块毡子的河南人很不好受。夜已经很深了,他们也不想喝茶了,瓜子还剩一小撮,也不想吃了。

过了一会儿,忽然,老九的脸色一沉:

"什么声音?"

是的!轻轻的,但是听得很清楚,有点像羊叫,又不太像。老九一把抓起火枪:

"走!"

留孩立刻理解:羊半夜里从来不叫,这是有人偷羊了!他跟着老九就出来。两个人直奔羊圈。小吕抓起他的标枪,也三步抢出门来,说:"你们去羊圈看看,我在这里,家里还有东西。"

老九、留孩用手电照了照几个羊圈,都好好的,羊都安安静静地卧着,门、窗户,都没有动。正察看着,听见小吕喊:

"在这里了!"

他们飞跑回来,小吕正闪在门边,握着标枪,瞄着屋门:

"在屋里!"

他们略一停顿,就一齐踢开门进去。外屋一照,没有。上里屋。里屋灯还亮着,没有。床底下!老九的手电光刚向下一扫,听见床下面"扑嗤"的一声——

"他妈的,是你!"

"好!你可吓了我们一跳!"

丁贵甲从床底下爬出来,一边爬,一边笑得捂着肚子。

"好!耍我们!打他!"

于是小吕、老九一齐扑上去,把丁贵甲按倒,一个压住脖子,一个骑住腰,使劲打起来。连留孩也上了手,拽住他企图往上翻拗的腿。一边打,一边说,骂;丁贵甲在下面一边招架,一边笑,说。

"我看见灯……还亮着……我说,试试这几个小鬼!……我早就进屋了!拨开门栓,躲在外屋……我嘻嘻嘻……叫了一声,听见老九,嘻嘻嘻嘻——"

"妈的!我听见'咩——咩'的一声,像是只老公羊!是你!这小子!这小子!"

"老九……拿了手电嘻嘻就……走!还拿着你娘的……火枪嘻嘻,呜噫,别打头!小吕嘻嘻嘻拿他妈一根破标……枪嘻嘻,你们只好……去吓鸟!"

这么一边说着,打着,笑着,滚着,闹了半天,直到丁贵甲在下面说:

"好香!煨了……山药……煨了!哎哟……我可饿了!"

他们才放他起来。留孩又去捅了捅炉子,把高山顶又坐热了,大家一边吃山药,一边喝茶,一边又重复地演述着刚才的经过。

他们吃着,喝着,说了又说,笑了又笑。当中又夹着按倒,拳击,捧腹,搂抱,表演,比划。他们高兴极了,快乐极了,简直把这间小屋要闹翻了,涨破了,这几个小鬼!他们完全忘记了现在是很深的黑夜。

六、明　天

明天,他们还会要回味这回事,还会说、学、表演、大笑,而且等张士林回来一定会告诉张士林,会告诉陈素花、恽美兰,并且也会说给大老张听的。将来有一天,他们聚在一起,还会谈起这一晚上的事,还会觉得非常愉快。今夜,他们笑够了,闹够了,现在都安静了,睡下了。起先,隔不一会儿还有人含含糊糊地说一句什么,不知是醒着还是在梦里,后来就听不到一点声息了。这间在昏黑中哗闹过、明亮过的半坡上的羊舍屋子,沉静下来,在拥抱着四山的广阔、丰美、充盈的暗夜中消融。一天就这样地过去了。夜在进行着,夜和昼在渗入、交递,开往北京的216次列车也正在轨道上奔驰。

明天,就又是一天了。小吕将会去找黄技师,置办他的心爱的嫁接刀。老九在大家的帮助下,会把行李结束起来,走上他当一个钢铁工人的路。当然,他会把他新编得的羊鞭交给留孩。留孩将要来这个很好的农场里当一名新一代的牧羊工。征兵的消息已经传开,说不定场子里明天就接到通知,叫丁贵甲到曾经医好他肺结核的医院去参加体格检查,准备入伍、受训,在他所没有接触过的山水风物之间,在蓝天或绿海上,戴起一顶缀着红徽的军帽。这些,都在夜间趋变为事实。

这也只是一个平常的夜。但是人就是这样一天一天,一黑夜一黑夜地长起来的。正如同庄稼,每天观察,差异也都不太明显,然而它发芽了,出叶了,拔节了,孕穗了,抽穗了,灌浆了,终于成熟了。这四个现在在一排并睡着的孩子(四个枕头各托着一个蓬蓬松松的脑袋),他们也将这样发育起来。在党无远弗及的阳光照煦下,经历一些必要的风风雨雨,都将迅速、结实、精壮地成长起来。

现在,他们都睡了。灯已经灭了。炉火也封住了。但是从煤块的缝隙里,有隐隐的火光在泄漏,而映得这间小屋充溢着薄薄的,十分柔和的,蔼然的红晖。

睡吧,亲爱的孩子。

一九六一年十一月二十五日写成

黄油烙饼

萧胜跟着爸爸到口外去。

萧胜满七岁,进八岁了。他这些年一直跟着奶奶过。他爸的工作一直不固定。一会儿修水库啦,一会儿大炼钢铁啦。他妈也是调来调去。奶奶一个人在家乡,说是冷清得很。他三岁那年,就被送回老家来了。他在家乡吃了好些萝卜白菜,小米面饼子,玉米面饼子,长高了。

奶奶不怎么管他。奶奶有事。她老是找出一些零碎料子给他接衣裳,接袂子,接裤子,接棉袄,接棉裤。他的衣服都是接成一道一道的,一道青,一道蓝。倒是挺干净的。奶奶还给他做鞋。自己打袼褙,剪样子,纳底子,自己绱。奶奶老是说:"你的脚上有牙,有嘴?""你的脚是铁打的!"再就是给他做吃的。小米面饼子,玉米面饼子,萝卜白菜——炒鸡蛋,熬小鱼。他整天在外面玩。奶奶把饭做得了,就在门口嚷:"胜儿!回来吃饭咧——!"

后来办了食堂。奶奶把家里的两口锅交上去,从食堂里打饭回来吃。真不赖!白面馒头,大烙饼,卤虾酱炒豆腐、焖茄子,猪头肉！食堂的大师傅穿着白衣服，戴着白帽子，在蒸笼的白蒙蒙的热气中晃来晃去，拿铲子敲着锅边，还大声嚷叫。人也胖了，猪也肥了。真不赖！

后来就不行了。还是小米面饼子，玉米面饼子。

后来小米面饼子里有糠，玉米面饼子里有玉米核磨出的碴子，拉嗓子。人也瘦了，猪也瘦了。往年，撵个猪可费劲哪。今年，一伸手就把猪后腿攥住了。挺大一个克郎，一挤它，咕咚就倒了。掺假的饼子不好吃，可是萧胜还是吃得挺香。他饿。

奶奶吃得不香。她从食堂打回饭来，掰半块饼子，嚼半天。其余的，都归了萧胜。

奶奶的身体原来就不好。她有个气喘的病。每年冬天都犯。白天还好，晚上难熬。萧胜躺在炕上，听奶奶喝喽喝喽地喘。睡醒了，还听她喝喽喝喽。他想，奶奶喝喽了一夜。可是奶奶还是喝喽着起来了，喝喽着给他到食堂去打早饭，打掺了假的小米饼子，玉米饼子。

爸爸去年冬天回来看过奶奶。他每年回来，都是冬天。爸爸带回来半麻袋土豆，一串口蘑，还有两瓶黄油。爸爸说，土豆是他分的；口蘑是他自己采，自己晾的；黄油是"走后门"搞来的。爸爸说，黄油是牛奶炼的，很"营养"，叫奶奶抹饼子吃。土豆，奶奶借锅来蒸了，煮了，放在灶火里烤了，给萧胜吃了。口蘑过年时打了一次卤。黄油，奶奶叫爸爸拿回去："你们吃吧。这么贵重的东西！"爸爸一定要给奶奶留下。奶奶把黄油留下了，可是一直没有吃。奶奶把两瓶黄油放在躺柜上,时不时地拿抹布擦擦。黄油是个啥东西?牛奶炼的?隔着玻璃,看得见它的颜色是嫩黄嫩黄的。去年小三家生了小四,他看见小三他妈给小四用松花粉扑痱子。黄油的颜色就像松花粉。油汪汪的,很好看。奶奶说,这是能吃的。萧胜不想吃。他没有吃过,不馋。

奶奶的身体越来越不好。她从前从食堂打回饼子,能一气走到家。现在不行了,走到歪脖柳树那儿就得歇一会儿。奶奶跟上了年纪的爷爷、奶奶们说:"只怕是过得了冬,过不得春呀。"萧胜知道这不是好话。这是一句骂牲口的话。"嗳!看你这乏样儿!过得了冬过不得春!"果然,春天不好过。村里的老头老太太接二连三地死了。镇上有个木业生产合作社,原来打家具、修犁耙,都停了,改了打棺材。村外添了好些新坟,好些白幡。奶奶不行了,她浑身都肿。用手指按一按,老大一个坑,半天不起来。她求人写信叫儿子回来。

爸爸赶回来,奶奶已经咽了气了。

爸爸求木业社把奶奶屋里的躺柜改成一口棺材,把奶奶埋了。晚上,坐在奶奶的炕上流了一夜眼泪。

萧胜一生第一次经验什么是"死"。他知道"死"就是"没有"了。他没有奶奶了。他躺在枕头上,枕头上还有奶奶的头发的气味。他哭了。

奶奶给他做了两双鞋。做得了,说:"来试试!"——"等会儿!"吱溜,他跑了。萧胜醒来,光着脚把两双鞋都试了试。一双正合脚,一双大一些。他的赤脚接触了搪底布,感觉到奶奶纳的底线,他叫了一声"奶奶!"又哭了一气。

爸爸拜望了村里的长辈,把家里的东西收拾收拾,把一些能应用的锅碗瓢盆都装在一个大网篮里。把奶奶给萧胜做的两双鞋也装在网篮里。把两瓶动都没有动的黄油也装在网篮里。锁了门,就带着萧胜上路了。

萧胜跟爸爸不熟。他跟奶奶过惯了。他起先不说话。他想家,想奶奶,想那棵歪脖柳树,想小三家的一对大白鹅,想蜻蜓,想蝈蝈,想挂大扁飞起来格格地响,露出绿色硬翅膀底下的桃红色的翅膜……后来跟爸爸熟了。他是爸爸呀!他们坐了汽车,坐火车,后来又坐汽车。爸爸很好。爸爸老是引他说话,告诉他许多口外的事。他的话越来越多,问这问那。他对"口外"产生了很浓厚的兴趣。

他问爸爸啥叫"口外"。爸爸说"口外"就是张家口以外,又叫"坝上"。"为啥叫坝上?"他以为"坝"是一个水坝。爸爸说到了就知道了。

敢情"坝"是一溜大山。山顶齐齐的,倒像个坝。可是真大!汽车一个劲地往上爬。汽车爬得很累,好像气都喘不过来,不停地哼哼。上了大山,嘿,一片大平地!真是平呀!又平又大。像是擀过的一样。怎么可以这样平呢!汽车一上坝,就撒开欢了。它不哼哼了,"刷——"一直往前开。一上了坝,气候忽然变了。坝下是夏天,一上坝就像秋天。忽然,就凉了。坝上坝下,刀切的一样。真平呀!远远有几个小山包,圆圆的。一棵树也没有。他的家乡有很多树。榆树,柳树,槐树。这是个什么地方!不长一棵树!就是一大片大平地,碧绿的,长满了草。有地。这地块真大。从这个小山包一匹布似的一直扯到了那个小山包。地块究竟有多大?爸爸告诉他:有一个农民牵了一头母牛去犁地,犁了一趟,回来时候母牛带回来一个新下的小牛犊,已经三岁了!

汽车到了一个叫沽源的县城,这是他们的最后一站。一辆牛车来接他们。这车的样子真可笑,车辘轳是两个木头饼子,还不怎么圆,骨碌碌,骨碌碌,往前滚。他仰面躺在牛车上,上面是一个很大的蓝天。牛车真慢,还没有他走得快。他有时下来掐两朵野花,走一截,又爬上车。

这地方的庄稼跟口里也不一样。没有高粱,也没有老玉米,种莜麦,胡麻。莜麦干净得很,好像用水洗过,梳过。胡麻打着把小蓝伞,秀秀气气,不像是庄稼,倒像是种着看的花。

喝,这一大片马兰!马兰他们家乡也有,可没有这里的高大。长齐大人的腰那么高,开着巴掌大的蓝蝴蝶一样的花。一眼望不到边。这一大片马兰!他这辈子也忘不了。他像是在一个梦里。

牛车走着走着。爸爸说:"到了!"他坐起来一看,一大片马铃薯,都开着花,粉的、浅紫蓝的、白的,一眼望不到边,像是下了一场大雪。雪花随风摇摆着,他有点晕。不远有一排房子,土墙、玻璃窗。这就是爸爸工作的"马铃薯研究站"。土豆——山药蛋——马铃薯。马铃薯是学名,爸说的。

从房子里跑出来一个人。"妈妈——!"他一眼就认出来了!妈妈跑上来,把他一把抱了起来。

萧胜就要住在这里了,跟他的爸爸、妈妈住在一起了。

奶奶要是一起来,多好。

萧胜的爸爸是学农业的,这几年老是干别的。奶奶问他:"为什么总是把你调来调去的?"爸说:"我好欺负。"马铃薯研究站别人都不愿来,嫌远。爸愿意。妈是学画画的,前几年老画两个娃娃拉不动的大萝卜啦,上面张个帆可以当做小船的豆荚啦。她也愿意跟爸爸一起来,画"马铃薯图谱"。

妈给他们端来饭。真正的玉米面饼子,两大碗粥。妈说这粥是草籽熬的。有点像小米,比小米小。绿盈盈的,挺稠,挺香。还有一大盘鲫鱼,好大。爸说别处的鲫鱼很少有过一斤的,这儿"淖"里的鲫鱼有一斤二两的,鲫鱼吃草籽,长得肥。草籽熟了,风把草籽刮到淖里,鱼就吃草籽。萧胜吃得很饱。

爸说把萧胜接来有三个原因。一是奶奶死了,老家没有人了。二是萧胜该上学了,暑假后就到不远的一个完小去报名。三是这里吃得好一些。口外地广人稀,总好办一些。这里的自留地一个人有五亩!随便刨一块地就能种点东西。爸爸和妈妈就在"研究站"旁边开了一块地,种了山药,南瓜。山药开花了,南瓜长了骨朵了。用不了多久,就能吃了。

马铃薯研究站很清静,一共没有几个人。就是爸爸、妈妈,还有几个工人。工人都有家。站里就是萧胜一家。这地方,真安静。成天听不到声音,除了风吹莜麦穗子,沙沙地像下小雨;有时有小燕吱喳地叫。

爸爸每天戴个草帽下地跟工人一起去干活,锄山药。有时查资料,看书。妈一早起来到地里掐一大把山药花,一大把叶子,回来插在瓶子里,聚精会神地对着它看,一笔一笔地画。画的花和真的花一样!萧胜每天跟妈一同下地去,回来鞋和裤脚沾得都是露水。奶奶做的两双新鞋还没有上脚,妈把鞋和两瓶黄油都锁在柜子里。

白天没有事,他就到处去玩,去瞎跑。这地方大得很,没遮没挡,路多远,一回头还能看到研究站的那排房子,迷不了路。他到草地里去看牛、看马、看羊。

他有时也去莳弄莳弄他家的南瓜、山药地。锄一锄,从机井里打半桶水浇浇。这不是为了玩。萧胜是等着要吃它们。他们家不起伙,在大队食堂打饭,食堂里的饭越来越不好。草籽粥没有了,玉米面饼子也没有了。现在吃红高粱饼子,喝甜菜叶子做的汤。再下去大概还要坏。萧胜有点饿怕了。

他学会了采蘑菇。起先是妈妈带着他采了两回,后来,他自己也会了。下了雨,太阳一晒,空气潮乎乎的,闷闷的,蘑菇就出来了。蘑菇这玩意很怪,都长在"蘑菇圈"里。你低下头,侧着眼睛一看,草地上远远的有一圈草,颜色特别深,黑绿黑绿的,隐隐约约看到几个白点,那就是蘑菇圈。滴溜圆。蘑菇就长在这一圈深颜色的草里。圈里面没有,圈外面也没有。蘑菇圈是固定的。

今年长,明年还长。哪里有蘑菇圈,老乡们都知道。

有一个蘑菇圈发了疯。它不停地长蘑菇,呼呼地长,三天三夜一个劲地长,好像是有鬼,看着都怕人。附近七八家都来采,用线穿起来,挂在房檐底下。家家都挂了三四串,挺老长的三四串。老乡们说,这个圈明年就不会再长蘑菇了,它死了。萧胜也采了好些。他兴奋极了,心里直跳。"好家伙!好家伙!这么多!这么多!"他发了财了。

他为什么这样兴奋?蘑菇是可以吃的呀!

他一边用线穿蘑菇,一边流出了眼泪。他想起奶奶,他要给奶奶送两串蘑菇去。他现在知道,奶奶是饿死的。人不是一下饿死的,是慢慢地饿死的。

食堂的红高粱饼子越来越不好吃,因为掺了糠。甜菜叶子汤也越来越不好喝,因为一点油也不放了。他恨这种掺糠的红高粱饼子,恨这种不放油的甜菜叶子汤!

他还是到处去玩,去瞎跑。

大队食堂外面忽然热闹起来。起先是拉了一牛车的羊砖来。他问爸爸这是什么,爸爸说:"羊砖。"——"羊砖是啥?"——"羊粪压紧了,切成一块一块。"——"干啥用?"——"烧。"——"这能烧吗?"——"好烧着呢!火顶旺。"后来盘了个大灶。后来杀了十来只羊。萧胜站在旁边看杀羊。他还没有见过杀羊。嘿,一点血都流不到外面,完完整整就把一张羊皮剥下来了!

这是要干啥呢?

爸爸说,要开三级干部会。

"啥叫三级干部会?"

"等你长大了就知道了!"

三级干部会就是三级干部吃饭。

大队原来有两个食堂,南食堂,北食堂,当中隔一个院子,院子里还搭了个小棚,下雨天也可以两个食堂来回串。原来"社员"们分在两个食堂吃饭。开三级干部会,就都挤到北食堂来。南食堂空出来给开会干部用。

三级干部会开了三天,吃了三天饭。头一天中午,羊肉口蘑销子蘸莜面。第二天炖肉大米饭。第三天,黄油烙饼。晚饭倒是马马虎虎的。

"社员"和"干部"同时开饭。社员在北食堂,干部在南食堂。北食堂还是红高粱饼子,甜菜叶子汤。北食堂的人闻到南食堂里飘过来的香味,就说:"羊肉口蘑销子蘸莜面,好香好香!""炖肉大米饭,好香好香!""黄油烙饼,好香好香!"

萧胜每天去打饭,也闻到南食堂的香味。羊肉、米饭,他倒不稀罕;他见过,也吃过。黄油烙饼他连闻都没闻过。是香,闻着这种香味,真想吃一口。

回家,吃着红高粱饼子,他问爸爸:"他们为什么吃黄油烙饼?"

"他们开会。"

"开会干吗吃黄油烙饼?"

"他们是干部。"

"干部为啥吃黄油烙饼?"

"哎呀!你问得太多了!吃你的红高粱饼子吧!"

正在咽着红饼子的萧胜的妈忽然站起来,把缸里的一点白面倒出来,又从柜子里取出一瓶奶奶没有动过的黄油,启开瓶盖,挖了一大块,抓了一把白糖,兑点起子,擀了两张黄油发面饼。抓了一把莜麦秸塞进灶火,烙熟了。黄油烙饼发出香味,和南食堂里的一样。妈把黄油烙饼放在萧胜面前,说:

"吃吧,儿子,别问了。"

萧胜吃了两口,真好吃。他忽然咧开嘴痛哭起来,高叫了一声:"奶奶!"

妈妈的眼睛里都是泪。

爸爸说:"别哭了,吃吧。"

萧胜一边流着一串一串的眼泪,一边吃黄油烙饼。他的眼泪流进了嘴里。黄油烙饼是甜的,眼泪是咸的。

岁寒三友

　　这三个人是：王瘦吾、陶虎臣、靳彝甫。王瘦吾原先开绒线店，陶虎臣开炮仗店，靳彝甫是个画画的。他们是从小一块长大的。这是三个说上不上，说下不下的人。既不是缙绅先生，也不是引车卖浆者流。他们的日子时好时坏。好的时候桌上有两个菜，一荤一素，还能烫二两酒；坏的时候，喝粥，甚至断炊。三个人的名声倒都是好的。他们都没有做过伤天害理的事，对人从不尖酸刻薄，对地方的公益，从不袖手旁观。某处的桥坍了，要修一修；哪里发现一名"路倒"，要掩埋起来；闹时疫的时候，在码头路口设一口瓷缸，内装药茶，施给来往行人；一场大火之后，请道士打醮禳灾……遇有这一类的事，需要捐款，首事者把捐簿伸到他们的面前时，他们都会提笔写下一个谁看了也会点头的数目。因此，他们走在街上，一街的熟人都跟他们很客气地点头打招呼。

　　"早！"

　　"早！"

　　"吃过了？"

"偏过了,偏过了!"

王瘦吾真瘦。瘦得两个肩胛骨从长衫的外面都看得清清楚楚。他年轻时很风雅过几天。他小时开蒙的塾师是邑中名士谈甓渔,谈先生教会了他做诗。那时,绒线店由父亲经营着,生意不错,这样他就有机会追随一些阔的和不太阔的名士,春秋佳日,文酒雅集。遇有什么张母吴太夫人八十寿辰征诗,也会送去两首七律。瘦吾就是那时落下的一个别号。自从父亲一死,他挑起全家的生活,就不再做一句诗,和那些诗人们也再无来往。

他家的绒线店是一个不大的连家店。店面的招牌上虽写着"京广洋货,零趸批发",所卖的却只是:丝线、绦子、头号针、二号针、女人钳眉毛的镊子、刨花①、捆子(涂刨花水用的小刷子)、品青、煮蓝、僧帽牌洋蜡烛、太阳牌肥皂、美孚灯罩……种类很多,但都值不了几个钱。每天晚上结账时都是一堆铜板和一角两角的零碎的小票,难得看见一块洋钱。

这样一个小店,维持一家生活,是困难的。王瘦吾家的人口日渐增多了。他上有老母,自己又有了三个孩子。小的还在娘怀里抱着。两个大的,一儿一女,已经都在上小学了。不用说穿衣,就是穿鞋也是个愁人的事。

---

① 桐木刨出来的薄薄的长条。泡在水里,稍带黏性。过去女人梳头掠发,离不开它。

儿子最恨下雨。小学的同学几乎全部在下雨天都穿了胶鞋来上学,只有他穿了还是他父亲穿过的钉鞋①。钉鞋很笨,很重,走起来还嘎啦嘎啦的响。他一进学校的大门,同学们就都朝他看,看他那双鞋。他闹了好多回。每回下雨,他就说:"我不去上学了!"妈都给他说好话:"明年,明年就买胶鞋。一定!"——"明年!您都说了几年了!"最后还是嘟着嘴,挟了一把补过的旧伞,走了。王瘦吾听见街石上儿子的钉鞋愤怒的声音,半天都没有说话。

女儿要参加全县小学秋季运动会,表演团体操,要穿规定的服装:白上衣、黑短裙。这都还好办。难的是鞋——要一律穿白球鞋。女儿跟她妈要。妈说:"一双球鞋,要好几块钱。咱们不去参加了。就说生病了,叫你爸写个请假条。"女儿不像她哥发脾气,闹,她只是一声不响,眼泪不停地往下滴。到底还是去了。这位能干的妈跟邻居家借来一双球鞋,比着样子,用一块白帆布连夜赶做了一双。除了底子是布的,别处跟买来的完全一样。天亮的时候,做妈的轻轻地叫:"妞子,起来!"女儿一睁眼,看见床前摆着一双白鞋,趴在妈胸前哭了。王瘦吾看见妻子疲乏而凄然的笑容,他心酸。

因此,王瘦吾老想发财。

---

① 现在的年轻人连钉鞋也不知道了!钉鞋是一双纳帮很结实的布鞋,也有用生牛皮做的,在桐油里浸过,鞋底钉了很多奶头大的铁钉。在未有胶鞋之前,这便是雨鞋。

这财,是怎么个发法呢?靠这个小绒线店,是不可能有什么出息的。他得另外想办法。这城里的街,好像是傍晚时的码头,各种船只,都靠满了。各行各业,都有个固定的地盘,想往里面再插一只手,很难。他得把眼睛看到这个县城以外,这些行业以外。他做过许多不同性质的生意。他做过虾籽生意,醉蟹生意,腌制过双黄鸭蛋。张家庄出一种木瓜酒,他运销过。本地出一种药材,叫做豨莶,他收过,用木船装到上海(他自己就坐在一船高高的药草上),卖给药材行。三汊河出一种水仙鱼,他曾想过做罐头……他做的生意都有点别出心裁,甚至是想入非非。他隔个把月就要出一次门,四乡八镇,到处跑。像一只饥饿的鸟,到处飞,想给儿女们找一口食。回来时总带着满身的草屑灰尘,人,越来越瘦。

后来他想起开工厂。他的这个工厂是个绳厂,做草绳和钱串子。蓑衣草两股,绞成细绳,过去是穿制钱用的,所以叫做钱串子。现在不使制钱了,店铺里却离不开它。茶食店用来包扎点心,席子店捆席子,卖鱼的穿鱼鳃。绞这种细绳,本来是湖西农民冬闲时的副业,一大捆一大捆挑进城来兜售。因为没有准人,准时,准数,有时需用,却遇不着。有了这么个厂,对于用户方便多了。王瘦吾这个厂站住了。他就不再四处奔跑。

这家工厂,连王瘦吾在内,一共四个人。一个伙计搬运,两个做活。有两架"机器",倒是铁的,只是都要用手摇。这两架机器,摇起来嘎嘎地响,给这条街增添了一种新的声音,和捶铜器、打烧饼、算命瞎子的铜铪的声音混和在一起。不久,人们就习惯了,仿佛这声音本来就有。

初二、十六①的傍晚,常常看到王瘦吾拎了半斤肉或一条鱼从街上走回家。

每到天气晴朗,上午十来点钟,在这条街上,都可以听到从阴城方向传来爆裂的巨响:

"砰——磅!"

大家就知道,这是陶虎臣在试炮仗了。孩子们就提着裤子向阴城飞跑。

阴城是一片古战场。相传韩信在这里打过仗。现在还能挖到一种有耳的尖底陶瓶,当地叫做"韩瓶",据说是韩信的部队所用的行军水壶。说是这种陶瓶冬天插了梅花,能结出梅子来。现在这里是乱葬冈,不知道从什么时候起叫做"阴城"。到处是坟头、野树、荒草、芦荻。草里有蛤蟆、野兔子、大极了的蚂蚱、油葫芦、蟋蟀。早晨和黄昏,有许多白颈老鸦。人走过,就哑哑地叫着飞起来。不一会儿,又都纷纷地落下了。

这里没有住户人家。只有一个破财神庙,里面住着一个侉子。这侉子不知是什么来历。他杀狗,吃肉——阴城里野狗多的是,还喝酒。

---

① 这是店铺里打牙祭的日子。

这地方很少有人来。只有孩子们结伴来放风筝,掏蟋蟀。再就是陶虎臣来试炮仗。

试的是"天地响"。这地方把双响的大炮仗叫"天地响",因为地下响一声,飞到半空中,又响一声,炸得粉碎,纸屑飘飘地落下来。陶家的"天地响"一听就听得出来,特别响。两响之间的距离也大——蹿得高。

"砰——磅!"

"砰——磅!"

他走一二十步,放一个,身后跟着一大群孩子。孩子里有胆大的,要求放一个,陶虎臣就给他一个:

"点着了快跑!——崩疼了可别哭!"

其实是崩不着的。陶虎臣每次试炮仗,特意把其中的几个的捻子加长,就是专为这些孩子预备的。捻子着了,嗤嗤地冒火,半天,才听见响呢。

陶家炮仗店的门口也是经常围着一堆孩子,看炮仗师父做炮仗。两张白木的床子,有两块很光滑的木板。把一张粗草纸裹在一个钢钎上,两块木板一搓,吱溜——就是一个炮仗筒子。

孩子们看师傅做炮仗,陶虎臣就伏在柜台上很有兴趣地看这些孩子。有时问他们几句话:

"你爸爸在家吗?干吗呢?"

"你的疖腮好了吗?"

孩子们都知道陶老板人很和气,很喜欢孩子,见面都很愿意叫他：

"陶大爷！"

"陶伯伯！"

"哎，哎。"

陶家炮仗店的生意本来是不错的。

他家的货色齐全。除了一般的鞭炮，还出一种别家不做的鞭炮，叫做"遍地桃花"。不但外皮，连里面的筒子都一色是梅红纸卷的。放了之后，地下一片红，真像是一地的桃花瓣子。如果是过年，下过雪，"花瓣"落在雪地上，红是红，白是白，好看极了。

这种鞭炮，成本很贵，除非有人定做，平常是不预备的。

一般的鞭炮，陶虎臣自己是不动手的。他会做花炮。一筒大花炮，能放好几分钟。他还会做一种很特别的花，叫做"酒梅"。一棵弯曲横斜的枯树，埋在一个磁盘里，上面串结了许多各色的小花炮，点着之后，满树喷花。火花射尽，树枝上还留下一朵一朵梅花，蓝莹莹的，静悄悄地开着，经久不熄。这是棉花浸了高粱酒做的。

他还有一项绝技，是做焰火。一种老式的焰火，有的地方叫做花盒子。

酒梅、焰火，他都不在店里做，在家里做。因为这有许多秘方，不能外传。

做焰火，除了配料，关键是串捻子。串得不对，会轰隆一声，烧成一团火。弄不好，还会出事。陶虎臣的一只左眼坏了，就是因为有一次放焰火,出了故障,不着了,他搭了梯子爬到架上去看,不想焰火忽然又响了,一个火球迸进了瞳孔。

陶虎臣坏了一只眼睛,还看不出太大的破相,不像一般有残疾的人往往显得很凶狠。他依然随时是和颜悦色的,带着宽厚而慈祥的笑容。这种笑容,只有与世无争,生活上容易满足的人才会有。

但是他的这种心满意足的神情逐年在消退。鞭炮生意,是随着年成走的。什么时候风调雨顺,国泰民安,什么时候炮仗店就生意兴隆。这样的年头,能够老是有么?

"遍地桃花"近年很少人家来订货了。地方上多年未放焰火,有的孩子已经忘记放焰火是什么样子了。

陶虎臣长得很敦实,跟他的名字很相称。

靳彝甫和陶虎臣住在一条巷子里,相隔只有七八家。谁家的火灭了,孩子拿了一块劈柴,就能从另一家引了火来。他家很好认,门口钉着一块铁皮的牌子,红地黑字:"靳彝甫画寓"。

这城里画画的,有三种人。

一种是画家。这种人大都有田有地,不愁衣食,作画只是自己消遣,或作为应酬的工具。他们的画是不卖钱的。求画的人只是送几件很高雅的礼物。或一坛绍兴花雕,或火腿、鲥鱼、白沙枇杷,或一套讲究的宜兴紫砂茶具,或两大盆正在莳箭子的剑兰。他们的画,多半是大写意,或半工半写。工笔画他们是不耐烦画的,也不会。

一种是画匠。他们所画的,是神像。画得最多的是"家神菩萨"。这"家神菩萨"是一个大家族:头一层是南海观音的一伙,第二层是玉皇大帝和他的朝臣,第三层是关帝老爷和周仓、关平,最下一层是财神爷。他们也在玻璃的反面用油漆画福禄寿三星(这种画美术史家称之为"玻璃油画"),作插屏。他们是在制造一种商品,不是作画。而且是流水作业,描花纹的是一个人(照着底子描),"开脸"的是一个人,着色的是另一个人。他们的作坊,叫做"画匠店"。一个画匠店里常有七八个人同时做活,却听不到一点声音,因为画匠多半是哑巴。

靳彝甫两者都不是。也可以说是介乎两者之间的那么一种人。比较贴切些,应该称之为"画师",不过本地无此说法,只是说"画画的"。他是靠卖画吃饭的,但不像画匠店那样在门口设摊或批发给卖门神"欢乐"的纸店①,他是等人登门求画的(所以挂"画寓"的招牌)。他的画按尺论价,大青大绿另加,可以点题。来求画的,多半是茶馆酒肆、茶叶店、参行、钱庄的老板或管事。也有那些闲钱不多,送不起重礼,攀不上高门第的画家,又不甘于家里只有四堵素壁的中等人家。他们往往喜欢看着他画,靳彝甫也就欣然对客挥毫。主客双方,都很满意。他的画署名(画匠的作品

---

① 在梅红纸上用刻刀镂刻出透空的细致的吉祥花纹,贴在门头上,小的叫"吊钱",大的叫"欢乐"。有的地方叫"吊挂"。

是从不署名的），但都不题上款，因为不好称呼，深了不是，浅了不是，题了，人家也未必高兴，所以只是简单地写四个字："靳彝甫铭"。若是佛像，则题"靳铭沐手敬绘"。

靳家三代都是画画的。家里积存的画稿很多。因为要投合不同的兴趣，山水、人物、翎毛、花卉，什么都画。工笔、写意、浅绛、重彩不拘。

他家家传会写真，都能画行乐图（生活像）和喜神图（遗像）。中国的画像是有诀窍的。画师家都藏有一套历代相传的"百脸图"。把人的头面五官加以分析，定出一百种类型。画时端详着对象，确定属于哪一类，然后在此基础上加减，画出来总是有几分像的。靳彝甫多年不画喜神了。因为画这种像，经常是在死人刚刚断气时，被请了去，在床前对着勾描。他不愿看死人。因此，除了至亲好友，这种活计，一概不应。有来求的，就说不会。行乐图，自从有了照相馆之后，也很少有人来要画了。

靳彝甫自己喜欢画的，是青绿山水和工笔人物。青绿山水、工笔人物，一年能收几件呢？因此，除了每年端午，他画几十张各式各样的钟馗，挂在巷口如意楼酒馆标价出售，能够有较多的收入，其余的时候，全家都是半饥半饱。

虽然是半饥半饱，他可是活得有滋有味，他的画室里挂着一块小匾，上书"四时佳兴"。画室前有一个很小的天井。靠墙种了几竿玉屏萧竹。石条上摆着茶花、月季。一个很大的钧窑平盘里养着一块玲珑剔透的上水石，蒙了半寸厚的绿苔，长着虎耳草和铁线草。冬天,他总要养几头单瓣的水仙。不到三寸长的碧绿的叶子,开着白玉一样的繁花。春天,放风筝。他会那样耐烦地用一个称金子用的小戥子约着蜈蚣风筝两边脚上的鸡毛(鸡毛分量稍差,蜈蚣上天就会打滚)。夏天,用莲子种出荷花。不大的荷叶,直径三寸的花,下面养了一二分长的小鱼。秋天,养蟋蟀。他家藏有一本托名贾似道撰写的《秋虫谱》。养蟋蟀的泥罐还是他祖父留下来的旧物。每天晚上,他点一个灯笼,到阴城去掏蟋蟀。财神庙的那个侉子,常常一边喝酒、吃狗肉,一边看这位大胆的画师的灯笼走走,停停,忽上,忽下。

他有一盒爱若性命的东西,是三块田黄石章。这三块田黄都不大,可是跟三块鸡油一样!一块是方的,一块略长,还有一块不成形。数这块不成形的值钱,它有文三桥刻的边款(篆文不知叫一个什么无知的人磨去了)①。文三桥呀,可着全中国,你能找出几块?有一次,邻居家失火,他什么也没拿,只抢了这三块图章往外走。吃不饱的时候,只要把这三块图章拿出来看看,他就觉得对这个世界没有什么可抱怨的了。

这一年,这三个人忽然都交了好运。

王瘦吾的绳厂赚了钱。他可又觉得这个买卖货源、销路都有限,他早就想好了另外一宗生意。这个县北乡高田多种麦,出极好的麦秸,当地农民多以掐草帽辫为副业。每年有外地行商来,

---

① 文徵明的长子,名彭,字寿承,三桥是他的别号。

以极便宜的价钱收去。稍经加工,就成了草帽,又以高价卖给农民。王瘦吾想:为什么不能就地制成草帽呢?这钱为什么要给外地人赚去呢?主意已定,他就把两台绞绳机盘出去,买了四架扎草帽的机子,请了一个师傅,教出三个徒弟,就在原来绳厂的旧址,办起了一个草帽厂。城里的买卖人都说:王瘦吾这步棋看得准,必赚无疑!草帽厂开张的那天,来道喜和看热闹的人很多。一盘草帽辫,在师傅手里,通过机针一扎,哒哒地响,一会儿功夫,哎,草帽盔出来了!——又一会,草帽边!——成了!一顶一顶草帽,顷刻之间,摞得很高。这不是草帽,这是大洋钱呀!这一天,靳彝甫送来一张"得利图",画着一个白须的渔翁,背着鱼篓,提着两尾金鳞赤尾的大鲤鱼。凡看了这张画的,无不大笑:这渔翁的长相,活脱就是王瘦吾!陶虎臣特地送来一挂遍地桃花满堂红的一千头的大鞭,砰砰磅磅响了好半天!

　　陶虎臣从来没有做过这么大的焰火生意。这一年闹大水。运河平了漕。西北风一起,大浪头翻上来,把河堤上丈把长的青石都卷了起来。看来,非破堤不可。很多人家扎了筏子,预备了大澡盆,天天晚上不敢睡,只等堤决水下来时逃命。不料,河水从下游泻出,伏汛安然度过,保住了无数人畜。秋收在望,市面繁荣,城乡一片喜气。有好事者倡议:今年放放焰火!东西南北四城,都放!一台七套,四七二十八套。陶家独家承做了十四套——其余的,他匀给别的同行了。

　　四城的焰火错开了日子——为的是人们可以轮流赶着去看。

东城定在八月十六。地点:阴城。

这天天气特别好。万里无云,一天皓月。阴城的正中,立起一个四丈多高的架子。有人早早吃了晚饭,就扛了板凳来等着了。各种卖小吃的都来了。卖牛肉高粱酒的,卖回卤豆腐干的,卖五香花生米的、芝麻灌香糖的,卖豆腐脑的,卖煮荸荠的,还有卖河鲜——卖紫皮鲜菱角和新剥鸡头米的……到处是"气死风"的四角玻璃灯,到处是白蒙蒙的热气、香喷喷的茴香八角气味。人们寻亲访友,说短道长,来来往往,亲亲热热。阴城的草都被踏倒了。人们的鞋底也叫秋草的浓汁磨得滑溜溜的。

忽然,上万双眼睛一齐朝着一个方向看。人们的眼睛一会儿睁大,一会儿眯细;人们的嘴一会儿张开,一会儿又合上;一阵阵叫喊,一阵阵欢笑,一阵阵掌声——陶虎臣点着了焰火了!

这种花盆子是有一点简单的故事情节的。最热闹的是"炮打泗州城"。起先是梅、兰、竹、菊四种花,接着是万花齐放。万花齐放之后,有一个间歇,木架子下面黑黑的,有人以为这一套已经放完了。不料一声炮响,花盆子又落下一层,照眼的灯球之中有一座四方的城,眼睛好的还能看见城门上"泗州"两个字(不知道为什么是泗州而不是别的城)。城外向里打炮,城里向外打,灯球飞舞,砰磅有声。最有趣的是"芦蜂追癞子",这是一个喜剧性的焰火。一阵火花之后,出现一个人——一个泥头的纸人,这人是个癞痢头,手里拿着一把破芭蕉扇。霎时间飞来了许多马蜂,这些马蜂——火花,纷纷扑向癞痢头,癞痢头四面躲闪,手里的芭蕉扇不停地挥舞起来。看到这里，满场大笑。这些辛苦得近于麻木的人，是难得这样开怀一笑的呀。最后一套是平平常常的。只是一阵火花之后，扑鲁扑鲁吊下四个大字："天下太平"。字是灯球组成的。虽然平淡，人们还是舍不得离开。火光炎炎，逐渐消隐，这时才听到人们呼唤：

"二丫头，回家咧！"

"四儿，你在哪儿哪？"

"奶奶，等等我，我鞋掉了！"

人们摸摸板凳，才知道：呀，露水下来了。

靳彝甫捉到一只蟹壳青蟋蟀。消息很快就传开了。每天有人提了几罐蟋蟀来斗。都不是对手，而且都只是一个回合就分胜负。这只蟹壳青的打法很特别。它轻易不开牙，只是不动声色，稳稳地站着。突然扑上去，一口就咬破对方的肚子（据说蟋蟀的打法各有自己的风格，这种咬肚子的打法是最厉害的）。它躒躒地叫起来，上下摆动它的触须，就像戏台上的武生耍翎子。负伤的败将，怎么下"探子"①，也再不敢回头。于是有人怂恿他到兴化去。兴化养蟋蟀之风很盛，每年秋天有一个斗蟋蟀的集会。靳彝甫被人们说得心动了。王瘦吾、陶虎臣给他凑了一笔路费和赌本，他就带了几罐蟋蟀，搭船走了。

---

① 探子是刺激蟋蟀的斗志用的。北方用多猪鬃，南方多用四权草掰成细须，九蒸九晒。

斗蟋蟀也像摔跤、击拳一样,先要约约运动员的体重。分量相等,才能入盘开斗。如分量低于对方而自愿下场者,听便。

没想到,这只蟋蟀给他赢了四十块钱——四十块钱相当于一个小学教员两个月的薪水!靳彝甫很高兴,在如意楼定了几个菜,约王瘦吾、陶虎臣来喝酒。

(这只身经百战的蟋蟀后来在冬至那天寿终了,靳彝甫特地打了一个小小的银棺材,送到阴城埋了。)

没喝几杯,靳彝甫的孩子拿了一张名片,说是家里来了客。靳彝甫接过名片一看:"季匋民!"

"他怎么会来找我呢?"

季匋民是一县人引为骄傲的大人物。他是个名闻全国的大画家,同时又是大收藏家,大财主,家里有好田好地,宋元名迹。他在上海一个艺术专科大学当教授,平常难得回家。

"你回去看看。"

"我少陪一会儿。"

季匋民和靳彝甫都是画画的,可是气色很不一样。此人面色红润,双眼有光,浓黑的长髯,声音很洪亮。衣着很随便,但质料很讲究。

"我冒进宝府,唐突得很。"

"哪里哪里。只是我这寒舍,实在太小了。"

"小,而雅,比大而无当好!"

寒暄之后,季匋民说明来意:听说彝甫有几块好田黄,特地来看看。靳彝甫捧了出来,他托在手里,一块一块,仔仔细细看了。"好——好——好。匋民平生所见田黄多矣,像这样润的,少。"他估了估价,说按时下行情,值二百洋。有文三桥边款的一块就值一百。他很直率地问靳彝甫肯不肯割爱。靳彝甫也很直率地回答:"不到山穷水尽,不能舍此性命。"

"好!这像个弄笔墨的人说的话!既然如此,匋民绝不夺人之所爱。不过,如果你有一天想出手,得先尽我。"

"那可以。"

"一言为定。"

"一言为定。"

买卖不成,季匋民倒也没有不高兴。他又提出想看看靳彝甫家藏的画稿。靳彝甫祖父的,父亲的——靳彝甫本人的,他也想看看。他看得很入神,拍着画案说:

"令祖,令尊,都被埋没了啊!吾乡固多才俊之士,而皆困居于蓬牖之中,声名不出于里巷,悲哉!悲哉!"

他看了靳彝甫的画,说:

"彝甫兄,我有几句话……"

"您请指教。"

"你的画,家学渊源。但是,有功力,而少境界。要变!山水,暂时不要画。你见过多少真山真水?人物,不要跟在改七芗、费晓楼后面跑。倪墨耕尤为甜俗。要越过唐伯虎,直追两宋南唐。我奉赠你两个字:古、艳。比如这张杨妃出浴,披纱用洋红,就俗。

用朱红,加一点紫!把颜色搞得重重的!脸上也不要这样干净,给她贴几个花子!——你是打算就这样在家乡困着呢?还是想出去闯闯呢?出去,走走,结识一些大家,见见世面!到上海,那里人才多!"

他建议靳彝甫选出百十件画,到上海去开一个展览会。他认识朵云轩,可以借他们的地方。他还可以写几封信给上海名流,请他们为靳彝甫吹嘘吹嘘。他还嘱咐靳彝甫,卖了画,有了一点钱,要做两件事:读万卷书,行万里路。最后说:

"我今天很高兴。看了令祖、令尊的画稿,偷到不少的东西。——我把它化一化,就是杰作!哈哈哈哈……"

这位大画家就这样疯疯癫癫,哈哈大笑着,提了他的筇竹杖,一阵风似的走了。

靳彝甫一边卷着画,一边想:季匋民是见得多。他对自己的指点,很有道理,很令人佩服。但是,到上海、开展览会,结识名流……唉,有钱的名士的话怎么能当得真呢!他笑了。

没想到,三天之后,季匋民真的派人送来了七八封朱丝栏玉版宣的八行书。

靳彝甫的画展不算轰动,但是卖出去几十张画。那张在季匋民授意之下重画的贵妃出浴,一再有人重订。报上发了消息,一家画刊还选了他两幅画。这都是他没有想到的。王瘦吾和陶虎臣在家乡看到报,很替他高兴:"彝甫出了名了!"

卖了画,靳彝甫真的按照季匋民的建议,"行万里路"去了。

一去三年,很少来信。

这三年啊!

王瘦吾的草帽厂生意很好。草帽没个什么讲究,买的人只是一图个结实,二图个便宜。他家出的草帽是就地产销,省了来回运费,自然比外地来的便宜得多。牌子闯出去了,买卖就好做。全城并无第二家,那四台哒哒作响的机子,把带着钱想买草帽的客人老远地就吸过来了。

不想遇见一个王伯韬。

这王伯韬是个开陆陈行的。这地方把买卖豆麦杂粮的行叫做陆陈行。人们提起陆陈行,都暗暗摇头。做这一行的,有两大特点:其一,是资本雄厚,大都兼营别的生意,什么买卖赚钱,他们就开什么买卖,眼尖手快。其二,都是流氓——都在帮。这城里发生过几起大规模的斗殴,都是陆陈行挑起的。打架的原因,都是抢行霸市。这种人一看就看得出来。他们的衣着和一般的生意人就不一样。不论什么时候,长衫里面的小褂的袖子总翻出很长的一截。料子也是老实商人所不用的。夏天是格子纺,冬天是法兰绒。脚底下是黑丝袜,方口的黑纹皮面的硬底便鞋。王伯韬和王瘦吾是同宗,见面总是"瘦吾兄"长,"瘦吾兄"短。王瘦吾不爱搭理他,尽可能地躲着他。

谁知偏偏躲不开,而且天天要见面。王伯韬也开了一家草帽厂,就在王瘦吾的草帽厂的对门!他新开的草帽厂有八台机子,八个师傅，门面、柜台，一切都比王瘦吾的大一倍。

王伯韬真是不顾血本，把批发、零售价都压得极低。王瘦吾算算，这样的定价，简直无利可图。他不服这口气，也随着把价钱落下来。

王伯韬坐在对面柜台里，还是满脸带笑，"瘦吾兄"长，"瘦吾兄"短。

王瘦吾撑了一年，实在撑不住了。

王伯韬放出话来："瘦吾要是愿意把四台机子让给我，他多少钱买的，我多少钱要！"

四台机子，连同库存的现货、辫子，全部倒给了王伯韬。王瘦吾气得生了一场重病。一病一年多。卖机子的钱、连同小绒线店的底本，全变成了药渣子，倒在门外的街上了。

好不容易，能起来坐一坐，出门走几步了。可是人瘦得像一张纸，一阵风吹过，就能倒下。

陶虎臣呢？

头一年，因为四乡闹土匪，连城里都出了几起抢案，县政府和当地驻军联名出了一张布告："冬防期间，严禁燃放鞭炮。"炮仗店平时生意有限，全指着年下。这一冬防，可把陶虎臣防苦了。且熬着，等明年吧。

明年！蒋介石搞他娘的"新生活"①，根本取缔了鞭炮。城里几家炮仗店统统关了张。陶虎臣别无产业，只好做一点"黄烟子"和蚊烟混日子。"黄烟子"也像是个炮仗，只是里面装的不是火药而是雄黄，外皮也是黄的。点了捻子，不响，只是从屁股上冒出一股黄烟，能冒半天。这种东西，端午节人家买来，点着了扔在床脚柜底熏五毒；孩子们把黄烟屁股抵在板壁上写"虎"字。蚊烟是在一个皮纸的空套里装上锯末，加一点芒硝和鳝鱼骨头，盘成一盘，像一条蛇。这东西点起来味道很呛，人和蚊子都受不了。这两种东西，本来是炮仗店附带做做的，靠它赚钱吃饭，养家糊口的，怎么行呢？——一年有几个端午节？蚊子也不是四季都有啊！

第三年，陶家炮仗店的铺闼子门②下了一把牛鼻子铁锁，再也打不开了。陶家的锅，也揭不开了。起先是喝粥——喝稀粥，后来连稀粥也喝不成了。陶虎臣全家，已经饿了一天半。

有那么一个缺德的人敲开了陶家的门。这人姓宋，人称宋保长，他是什么事都干得出来，什么钱也敢拿的。他来做媒了。二十块钱，陶虎臣把女儿嫁给了一个驻军的连长。这连长第二天就开拔。他倒什么也不挑，只要是一个黄花闺女。陶虎臣跳着脚大叫："不要说得那么好听！这不是嫁！这是卖！你们到大街去打

---

① "新生活"是蒋介石搞的"新生活"运动，提倡"礼义廉耻"，到处刷写着"礼义廉耻，国之四维。四维不张，国乃灭亡"；限制行人靠左边走；废除作揖，改行握手；禁止燃放鞭炮等等。总之，大家都过新生活，不许过旧生活。
② 这地方店铺的门一般都是一块一块狭长的门板，上在门坎的槽里，称为"铺闼子"。

锣喊叫:我陶虎臣卖女儿!你们喊去!我不害臊!陶虎臣!你是个什么东西!陶虎臣!我操你八辈祖奶奶!你就这样没有能耐呀!"女儿的妈和弟弟都哭。女儿倒不哭,反过来劝爹:"爹!爹!您别这样!我愿意!——真的!爹!我真的愿意!"她朝上给爹妈磕了头,又趴在弟弟的耳边说了一句话。这一句话是:"饿的时候,忍着,别哭。"弟弟直点头。女儿走到爹床前,说了声:"爹!我走啦!您保重!"陶虎臣脸对墙躺着,连头都没有回,他的眼泪哗哗地往下淌。

两个半月过去了。陶家一直就花这二十块钱。二十块钱剩得不多了,女儿回来了。妈脱下女儿的衣服一看,什么都明白了:这连长天天打她。

女儿跟妈妈偷偷地说:"妈,我过上了他的脏病。"

岁暮天寒,彤云酿雪,陶虎臣无路可走,他到阴城去上吊。

他没有死成。他刚把腰带拴在一棵树上,把头伸进去,一个人拦腰把他抱住,一刀砍断了腰带。这人是住在财神庙的那个侉子。

靳彝甫回来了。他一到家,听说陶虎臣的事,连脸都没洗,拔脚就往陶家去。陶虎臣躺在一顶破芦席上,拥着一条破棉絮。靳彝甫掏出五块钱来,说:"虎臣,我才回来,带的钱不多,你等我一天!"

跟脚,他又奔王瘦吾家。瘦吾也是家徒四壁了。他正在对着空屋发呆。靳彝甫也掏出五块钱,说:"瘦吾,你等我一天!"

第三天,靳彝甫约王瘦吾、陶虎臣到如意楼喝酒。他从内衣口袋里掏出两封洋钱,外面裹着红纸。一看就知道,一封是一百。他在两位老友面前,各放了一封。

"先用着。"

"这钱——?"

靳彝甫笑了笑。

那两个都明白了:彝甫把三块田黄给季匋民送去了。

靳彝甫端起酒杯说:"咱们今天醉一次。"

那两个同意。

"好,醉一次!"

这天是腊月三十。这样的时候,是不会有人上酒馆喝酒的。如意楼空荡荡的,就只有这三个人。

外面,正下着大雪。

一九八〇年八月二十日初稿
十一月二十日二稿

鸡鸭名家

刚才那两个老人是谁？

父亲在洗刮鸭掌。每个蹼躃都掰开来仔细看过，是不是还有一丝泥垢，一片没有去尽的皮，就像在做一件精巧的手工似的。两副鸭掌白白净净，妥妥停停，排成一排。四只鸭翅，也白白净净，排成一排。很漂亮，很可爱。甚至那两个鸭肫，父亲也把它处理得极美。他用那把我小时就非常熟悉的角柄小刀从栗紫色当中闪着钢蓝色的一个微微凹处轻轻一划，一翻，里面的蕊黄色的东西就翻出来了。洗涮了几次，往鸭掌、鸭翅之间一放，样子很名贵，像一种珍奇的果品似的。我很有兴趣地看着他用洁白的，然而男性的手，熟练地做着这样的事。我小时候就爱看他用他的手做这一类事，就像我爱看他画画刻图章一样。我和父亲分别了十年，他的这双手我还是非常熟悉。

刚才那两个老人是谁！

鸭掌、鸭翅是刚从鸡鸭店里买来的。这个地方鸡鸭多，鸡鸭店多。鸡鸭店都是回回开的。这地方一定有很多回回。我们家乡回回很少。鸡鸭店全城似乎只有一家。小小一间铺面，干净而寂寞。门口挂着收拾好的白白净净的鸡鸭，很少有人买。我每回走过时总觉得有一种使人难忘的印象袭来。这家铺子有一种什么东西和别家不一样。好像这是一个古代的店铺。铺子在我舅舅家附近，出一个深巷高坡，上大街，拐角第一家便是。主人相貌奇古，一个非常大的鼻子，鼻子上有很多小洞，通红通红，十分鲜艳，一个酒糟鼻子。我从那个鼻子上认得了什么叫酒糟鼻子。没有人告诉过我，我无师自通，一看见就知道："酒糟鼻子！"我在外十年，时常会想起那个鼻子。刚才在鸡鸭店又想起了那个鼻子。现在那个鼻子的主人，那条斜阳古柳的巷子不知怎么样了……

那两个老人是谁？

一声鸡啼，一只金彩烂丽的大公鸡，一只很好看的鸡，在小院子里顾影徘徊，又高傲，又冷清。

那两个老人是谁呢，父亲跟他们招呼的，在江边的沙滩上？……

街上回来，行过沙滩。沙滩上有人在分鸭子。四个男子汉站在一个大鸭圈里，在熙熙攘攘的鸭群里，一只一只，提着鸭脖子，看一看，分别丢在四边几个较小的圈里。他们看什么？——四个人都一色是短棉袄，下面皆系青布鱼裙。这一带，江南江北，依水而住，靠水吃水的人，卖鱼的，贩卖菱藕、芡实、芦柴、茭草的，都有这样一条裙子。系了这样一条大概宋朝就兴的布裙，戴上一顶瓦块毡帽，一看就知道是干什么行业的。——看的是鸭头，分别公母？母鸭下蛋,可能价钱卖得贵些?不对,鸭子上了市,多是卖给人吃,很少人家特为买了母鸭下蛋的。单是为了分别公母,弄两个大圈就行了,把公鸭赶到一边,剩下的不都是母鸭了?无须这么麻烦。是公是母,一眼不就看出来,得要那么提起来认一认么?而且,几个圈里灰头绿头都有!——沙滩上安静极了,然而万籁有声,江流浩浩,飘忽着一种又积极又消沉的神秘的向往,一种广大而深微的呼吁,悠悠窅窅,悄怆感人。东北风。交过小雪了,真的入了冬了。可是江南地暖,虽已至"相逢不出手"的时候,身体各处却还觉得舒舒服服,饶有清兴,不很肃杀,天气微阴,空气里潮润润的。新麦、旧柳,抽了卷须的豌豆苗,散过了絮的蒲公英,全都欣然接受这点水气。鸭子似乎也很满意这样的天气,显得比平常安静得多。虽被提着脖子,并不表示抗议。也由于那几个鸭贩子提得是地方,一提起,趁势就甩了过去,不致使它们痛苦。甚至那一甩还会使它们得到筋肉伸张的快感,所以往来走动,煦煦然很自得的样子。人多以为鸭子是很唠叨的动物,其实鸭子也有默处的时候。不过这样大一群鸭子而能如此雍雍雅雅,我还从未见过。它们今天早上大概都得到一顿饱餐了吧?——什么地方送来一阵煮大麦芽的气味,香得很。一定有人用长柄的大铲子在铜锅里慢慢搅和着,就要出糖。——是约约斤两,把新鸭和老鸭分开?也不对。这些鸭子都差不多大,全是当年的,生日不是四月下旬就是五月初,上下差不了几天。骡马看牙口,鸭子不是骡马,也看几岁口?看,也得叫鸭子张开嘴,而鸭子嘴全都闭得扁扁的。黄嘴也是扁扁的,绿嘴也是扁扁的。即使掰开来看,也看不出所以然呀,全都是一圈细锯齿,分不开牙多牙少。看的是嘴。看什么呢?哦,鸭嘴上有点东西,有一道一道印子,是刻出来的。有的一道,有的两道,有的刻一个十字叉叉。哦,这是记号!这一群鸭子不是一家养的。主人相熟,搭伙运过江来了,混在一起,搅乱了,现在再分开,以便各自出卖?对了,对了!不错!这个记号作得实在有道理。

江边风大,立久了究竟有点冷,走吧。

刚才运那一车鸡的两口子不知到了哪儿了。一板车的鸡,一笼一笼堆得很高。这些鸡是他们自己的,还是给别人家运的?我起初真有些不平,这个男人真岂有此理,怎么叫女人拉车,自己却提了两只分量不大的蒲包在后面踱方步!后来才知道,他的负担更重一些。这一带地不平,尽是坑!车子拉动了,并不怎么费力,陷在坑里要推上来可不易。这一下,够瞧的!车掉进坑了,他赶紧用肩膀顶住。然而一只轱辘怎么弄也上不来。跑过来两个老人(他们原来蹲在一边谈天)。老人之一捡了一块砖煞住后滑的轱辘,推车的男人发一声喊,车上来了!他接过女人为他拾回来的落到地下的毡帽,掸一掸草屑,向老人道了谢:"难为了!"车子吱吱咂咂地拉过去,走远了。我忽然想起了两句《打花鼓》:

恩爱的夫妻

槌不离锣

这两句唱腔老是在我心里回旋。我觉得很凄楚。

这个记号作得实在很有道理。遍观鸭子全身,还有其他什么地方可以作记号的呢?不像鸡。鸡长大了,毛色各不相同,养鸡人都记得。在他们眼中,世界没有两只同样的鸡。就是被人偷去杀了吃掉,剩下一堆毛,他认也认得清(《王婆骂鸡》中列举了很多鸡的名目,这是一部"鸡典")。小鸡都差不多,养鸡的人家都在它们的肩翅之间染了颜色,或红或绿,以防走失。我小时颇不赞成,以为这很不好看。但人家养鸡可不是为了给我看的!鸭子麻烦,不能染色。小鸭子要下水,染了颜色,浸在水里,要褪。到一放大毛,则普天下的鸭子只有两种样子了:公鸭、母鸭。所有的公鸭都一样,所有的母鸭也都一样。鸭子养在河里,你家养,他家养,难免混杂。可以作记号的地方,一看就看出来的,只有那张嘴。上帝造鸭,没有想到鸭嘴有这个用处吧。小鸭子,嘴嫩嫩的,刻几道一定很容易。鸭嘴是角质,就像指甲,没有神经,刻起来不痛。刻过的嘴,一样吃东西,碎米、浮萍、小鱼、虾蚤、蛆虫——鸭子们大概毫不在乎。不会有一只鸭子发现同伴的异样,呱呱大叫起来:"咦!老哥,你嘴上是怎么回事,雕了花了?"当初想出作这样记号的,一定是个聪明人。

然而那两个老人是谁呢?

鸭掌鸭翅已经下在砂锅里。砂锅咕嘟咕嘟响了半天了,汤的气味飘出来,快得了。碗筷摆了出来,就要吃饭了。

"那两个老人是谁?"

"怎么？——你不记得了？"

父亲这一反问教我觉得高兴：这分明是两个值得记得的人。我一问，他就知道问的是谁。

"一个是余老五。"

余老五！我立刻知道，是高高大大，广额方颡，一腮帮白胡子茬的那个。——那个瘦瘦小小，目光精利，一小撮山羊胡子，头老是微微扬起，眼角带着一点嘲讽痕迹的，行动敏捷，不像是六十开外的人，是——

"陆长庚。"

"陆长庚？"

"陆鸭。"

陆鸭！这个名字我很熟，人不很熟，不像余老五似的是天天见得到的老街坊。

余老五是余大房炕房的师傅。他虽也姓余，炕房可不是他开的，虽然他是这个炕房里顶重要的一个人。老板和他同宗，但已经出了五服，他们之间只有东伙缘分，不讲亲戚面情。如果意见不和，东辞伙，伙辞东，都是可以的。说是老街坊，余大房离我们家还很有一段路。地名大淖，已经是附郭的最外一圈。大淖是一片大水，由此可至东北各乡及下河诸县。水边有人家处亦称大淖。这是个很动人的地方，风景人物皆有佳胜处。在这里出入的，多是戴瓦块毡帽系鱼裙的朋友。乘小船往北顺流而下，可以在垂杨柳、脆皮榆、茅棚、瓦屋之间,高爽地段,看到一座比较整齐的房子,两旁八字粉墙,几个黑漆大字,鲜明醒目;夏天门外多用芦席搭一凉棚,绿缸里渍着凉茶,任人取用;冬天照例有卖花生薄脆的孩子在门口踢毽子;树顶上飘着做会的纸幡或一串红绿灯笼的,那是"行"。一种是鲜货行,代客投牙买卖鱼虾水货、荸荠茨菇、山药芋艿、薏米鸡头,诸种杂物。一种是鸡鸭蛋行。鸡鸭蛋行旁边常常是一家炕房。炕房无字号,多称姓某几房,似颇有古意。其中余大房声誉最著,一直是最大的一家。

余老五成天没有什么事情,老看他在街上逛来逛去,到哪里都提了他那把其大无比,细润发光的紫砂茶壶,坐下来就聊,一聊一半天。而且好喝酒,一天两顿,一顿四两。而且好管闲事。跟他毫无关系的事,他也要挤上来插嘴。而且声音奇大。这条街上茶馆酒肆里随时听得见他的喊叫一样的说话声音。不论是哪两家闹纠纷,吃"讲茶"评理,都有他一份。就凭他的大嗓门,别人只好退避三舍,叫他一个人说!有时炕房里有事,差个小孩子来找他,问人看见没,答话的人常是说:"看没有看见,听倒听见的。再走过三家门面,你把耳朵竖起来,找不到,再来问我!"他一年闲到头,吃、喝、穿、用全不缺。余大房养他。只有每年春夏之间,看不到他的影子了。

多少年没有吃"巧蛋"了。巧蛋是孵小鸡孵不出来的蛋。不知什么道理,有些小鸡长不全,多半是长了一个头,下面还是一个蛋。有的甚至翅膀也有了,只是出不了壳。鸡出不了壳,是鸡生得笨,所以这种蛋也称"拙蛋",说是小孩子吃不得,吃了书念不好。反过来改成"巧蛋",似乎就可通融,念书的孩子也马马虎虎准许吃了。这东西很多人是不吃的。因为看上去使人身上发麻,想一想也怪不舒服,总之吃这种东西很不高雅。很惭愧,我是吃过的,而且只好老实说,味道很不错。吃都吃过了,赖也赖不掉,想高雅也来不及了。——吃巧蛋的时候,看不见余老五了。清明前后,正是炕鸡子的时候;接着又得炕小鸭,四月。

蛋先得挑一挑。那是蛋行里人的责任。鸡鸭也有"种口"。哪一路的鸡容易养,哪一路的长得高大,哪一路的下蛋多,蛋行里的人都知道。生蛋收来之后,分别放置,并不混杂。分好后,剔一道,薄壳,过小,散黄,乱带,日久,全不要——"乱带"是系着蛋黄的那道韧带断了,蛋黄偏坠到一边,不在正中悬着了。

再就是炕房师傅的事了。一间不透光的暗屋子,一扇门上开一个小洞,把蛋放在洞口,一眼闭,一眼睁,反复映看,谓之"照蛋"。第一次叫"头照"。头照是照"珠子",照蛋黄中的胚珠,看是否受过精,用他们的说法,是"有"过公鸡或公鸭没有。没"有"过的,是寡蛋,出不了小鸡小鸭。照完了,这就"下炕"了。下炕后三四天,取出来再照,名为"二照"。二照照珠子"发饱"没有。头照很简单,谁都做得来。不用在门洞上,用手轻握如筒,把蛋放在底下,迎着亮光,转来转去,就看得出蛋黄里有没有晕晕的一个圆影子。二照要点功夫,胚珠是否隆起了一点,常常不易断定。珠子不饱的,要剔下来。二照剔下的蛋,可以照常拿到市上去卖,看不出是炕过的。二照之后,三照四照,隔几天一次。三四照后,蛋就变了。到知道炕里的蛋都在正常发育,就不再动它,静待出炕"上床"。

下了炕之后,不让人随便去看。下炕那天照例是猪头三牲,大香大烛,燃鞭放炮,磕头敬拜祖师菩萨,仪式十分庄严隆重。因为炕房一年就做一季生意,赚钱蚀本,就看这几天。因为父亲和余老五很熟,我随他去看过。所谓"炕",是一口一口缸,里头糊着泥和草,下面点着稻草和谷糠,不断用火烘着。火是微火,要保持一定的温度。太热了一炕蛋全熟了,太小了温度透不进蛋里去。什么时候加一点草、糠,什么时候撤掉一点,这是余老五的职份。那两天他整天不离一步。许多事情不用他自己动手。他只要不时看一看,吩咐两句,有下手徒弟照办。余老五这两天可显得重要极了,尊贵极了,也谨慎极了,还温柔极了。他话很少,说话声音也是轻轻的。他的神情很奇怪,总像在谛听着什么似的,怕自己轻轻咳嗽也会惊散这点声音似的。他聚精会神,身体各部全在一种沉湎,一种兴奋,一种极度的敏感之中。熟悉炕房情况的人,都说这行饭不容易吃。一炕下来,人要瘦一圈,像生了一场大病。吃饭睡觉都不能马虎一刻,前前后后半个多月!他也很少真正睡觉。总是躺在屋角一张小床上抽烟,或者闭目假寐,不时就着壶嘴喝一口茶,哑哑地说一句话。一样借以量度的器械都没有,就凭他这个人,一个精细准确而又复杂多方的"表",不以形求,全以神遇,用他的感觉判断一切。炕房里暗暗的,暖洋洋的,潮濡濡的，笼罩着一种暧昧、缠绵的含情怀春似的异样感觉。余老五身上也有着一种"母性"（母性！）。他体验着一个一个生命正在完成。

蛋炕好了，放在一张一张木架上，那就是"床"。床上垫着棉花。放上去，不多久，就"出"了：小鸡一个一个啄破蛋壳，啾啾叫起来。这些小鸡似乎非常急于用自己的声音宣告也证实自己已经活了。啾啾啾啾，叫成一片，热闹极了。听到这声音，老板心里就开了花。而余老五的眼皮一麻搭，已经沉沉睡去了。小鸡子在街上卖的时候，正是余老五呼呼大睡的时候。他得接连睡几天。——鸭子比较简单，连床也不用上；难的是鸡。

小鸡跟真正的春天一起来，气候也暖和了，花也开了。而小鸭子接着就带来了夏天。画"春江水暖鸭先知"的，往往画出黄毛小鸭。这是很自然的，然而季节上不大对。桃花开的时候小鸭还没有出来。小鸡小鸭都放在浅扁的竹笼里卖。一路走，一路啾啾地叫，好玩极了。小鸡小鸭都很可爱。小鸡娇弱伶仃，小鸭傻气而固执。看它们在竹笼里挨挨挤挤，窜窜跳跳，令人感到生命的欢悦。捉在手里，那点轻微的挣扎搔挠，使人心中怦怦然，胸口痒痒的。

余大房何以生意最好？因为有一个余老五。余老五是这行的状元。余老五何以是状元？他炕出来的鸡跟别家的摆在一起，来买的人一定买余老五炕出的鸡，他的鸡特别大。刚刚出炕的小鸡照理是一般大小，上戥子称，分量差不多，但是看上去，他的小鸡要大一圈！那就好看多了，当然有人买。怎么能大一圈呢？他让小鸡的绒毛都出足了。鸡蛋下了炕,几十个时辰。可以出炕了,别的师傅都不敢等到最后的限度,生怕火功水气错一点,一炕蛋整个的废了,还是稳一点。想等,没那个胆量。余老五总要多等一个半个时辰。这一个半个时辰是最吃紧的时候,半个多月的功夫就要在这一会儿见分晓。余老五也疲倦到了极点,然而他比平常更警醒,更敏锐。他完全变了一个人。眼睛塌陷了,连颜色都变了,眼睛的光彩近乎疯狂。脾气也大了,动不动就恼怒,简直碰他不得,专断极了,顽固极了。很奇怪,他这时倒不走近火炕一步,只是半倚半靠在小床上抽烟,一句话也不说。木床、棉絮,一切都准备好了。小徒弟不放心,轻轻来问一句:"起了吧?"摇摇头。——"起了罢?"还是摇摇头,只管抽他的烟。这一会儿正是小鸡放绒毛的时候。这是神圣的一刻。忽而作然而起:"起!"徒弟们赶紧一窝蜂似的取出来,简直是才放上床,小鸡就啾啾啾啾纷纷出来了。余老五自掌炕以来,从未误过一回事,同行中无不赞叹佩服。道理是谁也知道的,可是别人得不到他那种坚定不移的信心。这是才分,是学问,强求不来。

　　余老五炕小鸭亦类此出色。至于照蛋、煨火,是尤其余事了。因此他才配提了紫砂茶壶到处闲聊,除了掌炕,一事不管。人说不是他吃老板,是老板吃着他。没有余老五,余大房就不成其为余大房了。没有余大房,余老五仍是一个余老五。什么时候,他前脚跨出那个大门。后脚就有人替他把那把紫砂壶接过去。每一家炕房随时都在等着他。每年都有人来跟他谈的,他都用种种方法回绝了。后来实在麻烦不过,他就半开玩笑似的说:"对不起,老板连坟地都给我看好了!"

父亲说,后来余大房当真在泰山庙后,离炕房不远处,给他找了一块坟地。附近有一片短松林,我们小时常上那里放风筝。蚕豆花开得闹嚷嚷的,斑鸠在叫。

余老五高高大大,方肩膀,方下巴,到处方。陆长庚瘦瘦小小,小头,小脸。八字眉。小小的眼睛,不停地眨动。嘴唇秀小微薄而柔软。他是一个农民,举止言词都像一个农民,安分,卑屈。他的眼睛比一般农民要少一点惊惶,但带着更深的绝望。他不像余老五那样有酒有饭,有寄托,有保障。他是个倒霉人。他的脸小,可是脸上的纹路比余老五杂乱,写出更多的人性。他有太多没有说出来的俏皮笑话,太多没有浪费的风情,他没有爱抚,没有安慰,没有吐气扬眉,没有……他是个很聪明的人,乡下的活计没有哪一件难得倒他。许多活计,他看一看就会,想一想就明白。他是窑庄一带的能人,是这一带茶坊酒肆、豆棚瓜架的一个点缀,一个谈话的题目。可是他的运气不好,干什么都不成功。日子越过越穷,他也就变得自暴自弃,变得懒散了。他好喝酒,好赌钱,像一个不得意的才子一样,潦倒了。我父亲知道他的本事,完全是偶然;他表演了那么一回,也是偶然!

母亲故世之后,父亲觉得很寂寞无聊。母亲葬在窑庄。窑庄有我们的一块地。这块地一直没有收成,沙性很重,种稻种麦,都不相宜,只能种一点豆子,长草。北乡这种瘦地很多,叫做"草田"。父亲想把它开辟成一个小小农场,试种果树、棉花。把庄房收回来,略事装修,他平日就住在那边,逢年过节才回家。我那时才六岁,由一个老奶妈带着,在舅舅家住。有时老奶妈送我到窑庄来住几天。我很少下乡,很喜欢到窑庄来。

我又来了!父亲正在接枝。用来削切枝条的,正是这把拾掇鸭肫的角柄小刀。这把刀用了这么多年了,还是刀刃若新发于硎。正在这时,一个长工跑来了:

"三爷,鸭都丢了!"

佃户和长工一向都叫我父亲为"三爷"。

"怎么都丢了?"

这一带多河沟港汊,出细鱼细虾,是个适于养鸭的地方。有好几家养过鸭。这块地上的老佃户叫倪二,父亲原说留他。他不干,他不相信从来没有结过一个棉桃的地方会长出棉花。他要退租。退租怎么维生?他要养鸭。从来没有养过鸭,这怎么行?他说他帮过人,懂得一点。没有本钱,没有本钱想跟三爷借。父亲觉得让他种了多年草田,应该借给他钱。不过很替他担心。父亲也托他买了一百只小鸭,由他代养。事发生后,他居然把一趟鸭养得不坏。棉花也长出来了。

"倪二,你不相信我种得出棉花,我也不相信你养得好鸭子。现在地里一朵一朵白的,那是什么?"

"是棉花。河里一只一只肥的,是——鸭子!"

每天早晚,站在庄头,在沉沉雾霭、淡淡金光中,可以看到他喳喳叱叱赶着一大群鸭子经过荡口,父亲常常要摇头:

"还是不成,不'像'!这些鸭跟他还不熟。照说,都就要卖了,那根赶鸭用的篙子就不大动了,可你看他那忙乎劲儿!"

倪二没有听见父亲说什么,但是远远地看到(或感觉到)父亲在摇头,他不服,他舞着竹篙,说:"三爷,您看!"

他的意思是说:就要到八月中秋了,这群鸭子就可以赶到南京或镇江的鸭市上变钱。今年鸡鸭好行市。到那时三爷才佩服倪二,知道倪二为什么要改行养鸭!

放鸭是很苦的事。问放鸭人,顶苦的是什么?"冷清"。放鸭和种地不一样。种地不是一个人,撒种、车水、薅草、打场,有歌声,有锣鼓,呼吸着人的气息。养鸭是一种游离,一种放逐,一种流浪。一大清早,天才露白,撑一个浅扁小船,仅容一人,叫做"鸭撇子",手里一根竹篙,篙头系着一把稻草或破蒲扇,就离开村庄,到茫茫的水里去了。一去一天,到天擦黑了,才回来。下雨天穿蓑衣,太阳大戴个笠子,天凉了多带一件衣服。"连一个说话的人都没有。"远远地,偶尔可以听到远远的一两声人声,可是眼前只是一群扁毛畜生。有人爱跟牛、羊、猪说话。牛羊也懂人话。要跟鸭子谈谈心可是很困难。这些东西只会呱呱地叫,不停地用它的扁嘴呷喋呷喋地吃。

可是,鸭子肥了,倪二喜欢。

前两天倪二说,要把鸭子赶去卖了。他算了算,刨去行佣、卡钱,连底三倍利。就要赶,问父亲那一百只鸭怎么说,是不是一起卖。今天早上,父亲想起留三十只送人,叫一个长工到荡里去告诉倪二。

"鸭都丢了!"

倪二说要去卖鸭,父亲问他要不要请一个赶过鸭的行家帮一帮,怕他一个人应付不了。运鸭,不像运鸡。鸡是装了笼的。运鸭,还是一只小船,船上装着一大卷鸭圈,干粮,简单的行李,人在船,鸭在水,一路迤迤逦逦地走。鸭子路上要吃活食,小鱼小虾,运到了,才不落膘掉斤两,精神好看。指挥鸭阵,划撑小船,全凭一根篙子。一程十天半月。经过长江大浪,也只是一根竹篙。晚上,找一个沙洲歇一歇,这赶鸭是个险事,不是外行冒充得来的。

"不要!"

他怕父亲再建议他请人帮忙,留下三十只鸭,偷偷地一早把鸭赶过荡,准备过白莲湖,沿漕河,过江。

长工一到荡口,问人:

"倪二呢?"

"倪二在白莲湖里。你赶快去看看。叫三爷也去看看。一趟鸭子全散了!"

"散了",就是鸭子不服从指挥,各自为政,四散逃窜,钻进芦丛里去了,而且再也不出来。这种事过去也发生过。

白莲湖是一口不大的湖,离窑庄不远。出菱,出藕,藕肥白少渣。三五八集期,父亲也带我去过。湖边港汊甚多,密密地长着芦苇。新芦苇很高了,黑森森的。莲蓬已经采过了,荷叶的颜色也发黑了。人过时常有翠鸟冲出,翠绿的一闪,快如疾箭。

小船浮在岸边,竹篙横在船上。倪二呢?坐在一家晒谷场的石辘轴上,手里的瓦块毡帽攥成了一团,额头上破了一块皮。几个人围着他。他好像老了十年。他疲倦了。一清早到现在,现在已经是下午了,他跟鸭子奋斗了半日。他一定还没有吃过饭。他的饭在一个布口袋里——一袋老锅巴。他木然地坐着,一动不动。不时把脑袋抖一抖,倒像受了震动。——他的脖子里有好多道深沟,一方格,一方格的。颜色真红,好像烧焦了似的。老那么坐着,脚恐怕要麻了。他的脚显出一股傻相。

父亲叫他:

"倪二。"

他像个孩子似的哭起来。

怎么办呢?

围着的人说:

"去找陆长庚,他有法子。"

"哎,除非陆长庚。"

"只有老陆,陆鸭。"

陆长庚在哪里?

"多半在桥头茶馆。"

桥头有个茶馆,是为鲜货行客人、蛋行客人、陆陈行客人谈生意而设的。区里、县里来了什么大人物,也请在这里歇脚。卖清茶,也代卖纸烟、针线、香烛纸祃、鸡蛋糕、芝麻饼、七厘散、紫金锭、菜种、草鞋、写契的契纸、小绿颖毛笔、金不换黑墨、何通记纸牌……总而言之,日用所需,应有尽有。这茶馆照例又是闲散无事人聚赌耍钱的地方。茶馆里备有一副麻将牌(这副麻将牌丢了一张红中,是后配的),一副牌九。推牌九时下旁注的比坐下拿牌的多,站在后面吃五喝六,呐喊助威。船从桥头过,远远地就看到一堆兴奋忘形的人头人手。船过去,还听得吼叫:"七七八八——不要九!"——"天地遇虎头,越大越封侯!"常在后面斜着头看人赌钱的,有人指给我们看过,就是陆长庚,这一带放鸭的第一把手,诨号陆鸭,说他跟鸭子能通话,他自己就是一只成了精的老鸭。——瘦瘦小小,神情总是在发愁。他已经多年不养鸭了,现在见到鸭就怕。

"不要你多,十五块洋钱。"

赌钱的人听到这个数目都捏着牌回过头来:十五块!十五块在从前很是一个数目了。他们看看倪二,又看看陆长庚。这时牌九桌上最大的赌注是一吊钱三三四,天之九吃三道。

说了半天,讲定了,十块钱。他不慌不忙,看一家地扛通吃,红了一庄,方去。

"把鸭圈拿好。倪二,赶鸭子进圈,你会的? 我把鸭子吆上来,你就赶。鸭子在水里好弄,上了岸,七零八落的不好捉。"

这十块钱赚得太不费力了! 拈起那根篙子(还是那根篙,他拈在手里就是样儿),把船撑到湖心,人扑在船上,把篙子平着,在水上扑打了一气,嘴里喷喷喷咕咕咕不知道叫点什么,赫!——都来了!鸭子四面八方,从芦苇缝里,好像来争抢什么东西似的,拼命地拍着翅膀,挺着脖子,一起奔向他那只小船的四周来。本来平静寥阔的湖面,骤然热闹起来,一湖都是鸭子。不知道为什么,高兴极了,喜欢极了,放开喉咙大叫,"呱呱呱呱呱……"不停地把头没进水里,爪子伸出水面乱划,翻来翻去,像一个一个小疯子。岸上人看到这情形都忍不住大笑起来。倪二也抹着鼻涕笑了。看看差不多到齐了,篙子一抬,嘴里曼声唱着,鸭子马上又安静了,文文雅雅,摆摆摇摇,向岸边游来,舒闲整齐有致。兵法:用兵第一贵"和"。这个"和"字用来形容这些鸭子,真是再恰当不过了。他唱的不知是什么,仿佛鸭子都爱听,听得很入神,真怪!

这个人真是有点魔法。

"一共多少只?"

"三百多。"

"三百多少?"

"三百四十二。"

他拣一个高处,四面一望。

"你数数。大概不差了。——嗨!你这里头怎么来了一只老鸭?"

"没有,都是当年的。"

"是哪家养的老鸭教你裹来了!"

倪二分辩。分辩也没用。他一伸手捞住了。

"它屁股一撅,就知道。新鸭子拉稀屎,过了一年的,才硬。鸭肠子搭头的那儿有一个小箍道,老鸭子就长老了。你看看!裹了人家的老鸭还不知道,就知道多了一只!"

倪二只好笑。

"我不要你多,只要两只。送不送由你。"

怎么小气,也没法不送他。他已经到鸭圈子提了两只,一手一只,拎了一拎。

"多重?"

他问人。

"你说多重?"

人问他。

"六斤四,——这一只,多一两,六斤五。这一趟里顶肥的两只。"

"不相信。一两之差也分得出,就凭手拎一拎?"

"不相信?不相信拿秤来称。称得不对,两只鸭算你的;对了,今天晚上上你家喝酒。"

到茶馆里借了秤来,称出来,一点都不错。

"拎都不用拎,凭眼睛,说得出这一趟鸭一个一个多重。不过先得大叫一声。鸭身上有毛,毛蓬松着看不出来,得惊它一惊。一惊,鸭毛就紧了,贴在身上了,这就看得哪只肥,哪只瘦。晚上喝酒了,茶馆里会。不让你费事,鸭杀好。"

他刀也不用,一指头往鸭子三岔骨处一捣,两只鸭挣扎都不挣扎，就死了。

"杀的鸭子不好吃。鸭子要吃呛血的，肉才不老。"

什么事都轻描淡写，毫不装腔作势。说话自然也流露出得意，可是得意中又还有一种对于自己的嘲讽。这是一点本事。可是人最好没有这点本事。他正因为有这些本事，才种种不如别人。他放过多年鸭，到头来连本钱都蚀光了。鸭瘟。鸭子瘟起来不得了。只要看见一只鸭子摇头，就完了。这不像鸡。鸡瘟还有救，灌一点胡椒、香油，能保住几只。鸭，一个摇头，个个摇头，不大一会儿，都不动了。好几次，一趟鸭子放到荡里，回来时就剩自己一个人了。看着死，毫无办法。他发誓，从此不再养鸭。

"倪老二，你不要肉疼，十块钱不白要你的，我给你送到。今天晚了，你把鸭圈起来过一夜。明天一早我来。三爷，十块钱赶一趟鸭，不算顶贵噢？"

他知道这十块钱将由谁来出。

当然，第二天大早来时他仍是一个陆长庚：一夜"七戳五在手"，输得光光的。

"没有！还剩一块！"

这两个老人怎么会到这个地方来呢？他们的光景过得怎么样了呢？

一九四七年初，
写于上海

皮凤三楦房子

皮凤三是清代评书《清风闸》里的人物。《清风闸》现在好像没有人说了，在当时，乾隆年间，在扬州一带，可是曾经风行过一时的。这是一部很奇特的书。既不是朴刀棒杖、长枪大马；也不是倚翠偷期、烟粉灵怪。《珍珠塔》、《玉蜻蜓》、《绿牡丹》、《八窍珠》，统统不是。它说的是一个市井无赖的故事。这部书虽有几个大关目，但都无关紧要。主要是一个一个的小故事。这些故事也不太连贯。其间也没有多少"扣子"，或北方评书艺人所谓"拴马桩"——即新文学家所谓"悬念"。然而人们还是津津有味地一回一回接着听下去。龚午亭是个擅说《清风闸》的说书先生，时人为之语曰："要听龚午亭，吃饭莫打停。"为什么它能那样吸引人呢？大概是因为通过这些故事，淋漓尽致地刻画了扬州一带的世态人情，说出一些人们心中想说的话。

这个无赖即皮凤三，行五，而癞，故又名皮五癞子，这个人说好也好，说坏也坏。他也仗义疏财，打抱不平。对于倚财仗势欺负人的人，尤其是欺负到他头上来的人，他常常用一些很促狭的办法整得该人(按:"该人"一词见之于政工干部在外调材料之类后面所加的附注中,他们如认为被调查的人本身有问题,就提笔写道:"该人"如何如何,"所提供情况,仅供参考"云云)狼狈不堪,哭笑不得。"促狭"一词原来倒是全国各地皆有的。《红楼梦》第二十六回就有这个词。但后来在北方似乎失传了。在吴语和苏北官话里是还存在的。其意思很难翻译。刁、赖、阴、损、缺德——庶几近之。此外还有使人意想不到的含义。他有时也为了自己,使一些无辜的或并不太坏的人蒙受一点不大的损失,"楦房子"即是一例。皮凤三家的房子太紧了,他声言要把房子楦一楦,左右四邻都没有意见。心想:房子不是鞋,怎么个楦法呢?办法很简单:他把他的三面墙向邻居家扩展了一尺。因为事前已经打了招呼,邻居只好没得话说。

对皮凤三其人不宜评价过高。他的所作所为,即使是打抱不平,也都不能触动那个社会的本质。他的促狭只能施之于市民中的暴发户。对于真正的达官巨贾,是连一个指头也不敢碰的。

为什么在那个时代(那个时代即扬州八怪产生的时代)会产生《清风闸》这样的评书和皮凤三这样的人物?产生这样的评书、这样的人物的社会背景是什么?喔,这样的问题过于严肃,还是留给文学史家去研究吧。如今却说一个人因为一件事,在原来的外号之外又得了一个"皮凤三"这样的外号的故事。

此人名叫高大头。这当然是个外号。他当然是有个大名的。大名也不难查考,他家的户口本上"户主"一栏里就写着。但是他的大名很少有人叫。在他有挂号信的时候,邮递员会在老远的地方就扬声高叫:"高××,拿图章!"但是他这些年似乎很少收到挂号信。在换购粮本的时候,他的老婆去领,街道办事处的负责人喊了几声"高××",他老婆也不应声,直到该负责人怒喝了一声"高大头!"他老婆才恍然大悟,连忙答应:"有!有!有!"就是在"文化大革命"被批斗的时候,他挂的牌子上写的也是:

```
三 开 分 子
高  大  头
```

"高大头"三字上照式用红笔打了叉子,因为排版不便,故从略。

(谨按:在人的姓名上打叉,是个由来已久的古法。封建时代,刑人的布告上,照例要在犯人的姓名上用红笔打叉,以示此人即将于人世中注销。这办法似已失传有年矣,不知怎么被造反派考查出来,沿用了。其实,这倒是货真价实的"四旧"。至于把人的姓名中的字倒过来写,横过来写,以为这就可以产生一种诅咒的力量。可以置人于死地,于残忍中带有游戏成分,这手段可以上推到巫术时代,其来历可求之于马道婆。总而言之,"文化大革命"的许多恶作剧都是变态心理学所不得不研究的材料。)

"高大头"不只是说姓高而头大,意思要更丰富一些,是说此人姓高,人很高大,而又有一个大头。他生得很魁梧,虎背熊腰。

他的脑袋和身材很厮称。通体看来,并不显得特别的大。只有单看脑袋,才觉得大得有点异乎常人。这个脑袋长得很好。既不是四方四楞,像一个老式的装茶叶的锡罐;也不是圆圆乎乎的像一个冬瓜,而上额宽广,下腭微狭,有一点像一只倒放着的鸭梨。这样的脑袋和体格,如果陪同外宾,一同步入宴会厅,拍下一张照片,是会很有气派的。但详考高大头的一生,似乎没有和外宾干过一次杯。他只是整天坐在门前的马扎子上,用一把木锉锉着一只胶鞋的磨歪了的后跟,用毛笔饱蘸了白色的粘胶涂在上面,选一块大小厚薄合适的胶皮贴上去,用他的厚厚实实的手掌按紧,连头也不大抬。只当有什么值得注意的人从他面前二三尺远的地方走过,他才从眼镜框上面看一眼。他家在南市口,是个热闹去处,但往来的大都是熟人。卖青菜的、卖麻团的、箍桶的、拉板车的、吹糖人的……他从他们的吆唤声、说话声、脚步声、喘气声,甚至从他们身上的气味,就能辨别出来,无须抬头一看。他的隔着一条巷子的紧邻针灸医生朱雪桥下班回家,他老远就听见他的苍老的咳嗽声,于是放下手里的活计,等着跟他打个招呼。朱雪桥走过,仍旧做活。一天就是这样,动作从容不迫,神气安静平和。他戴着一副黑框窄片的花镜,有点像个教授,不像个修鞋的手艺人。但是这个小县城里来了什么生人,他是立刻就会发现的,不会放过。而且只要那样看一眼,大体上就能判断这是省里来的,还是地区来的,是粮食部门的,还是水产部门的,是作家,还是来作专题报道的新闻记者。他那从眼镜框上面露出来的眼睛是彬彬有礼的,含蓄的,不露声色的,但又是机警的,而且相当的锋利。

高大头是个修鞋的,是个平头百姓,并无一官半职,虽有点走资本主义道路,却不当权,"文化大革命"怎么会触及到他,会把他也拿来挂牌、游街、批斗呢?答曰:因为他是牛鬼蛇神,故在横扫之列。此"文化大革命"之所以为"大"也。

小地方的人有一种传奇癖,爱听异闻。对一个生活经历稍为复杂一点的人,他们往往对他的历史添油加醋,任意夸张,说得神乎其神。这种捕风捉影的事,茶余酒后,巷议街谈,倒也无伤大雅。就是本人听到,也不暇去一一订正。有喜欢吹牛说大话的,还可能随声附和,补充细节,自高身价。一到运动,严肃地进行审查,可就惹了麻烦,跳进黄河也洗不清了。高大头就是这样。

高大头的简历如下:小时在家学铜匠。后来到外地学开汽车,当了多年司机。解放前夕,因亲戚介绍,在一家营造厂"跑外"——当采购员。三反五反后,营造厂停办,他又到专区一个师范学校当了几年总务。以后,即回乡从事补鞋。他走的地方多,认识的人多,在走出五里坝就要修家书的本地人看来,的确很不简单。

但是本地很多人相信他进过黄埔军校,当过土匪,坐过日本人的牢,坐过国民党的牢,也坐过新四军的牢。

事出有因,查无实据。黄埔军校早就不存在,他那样的年龄不可能进去过,而且他从来也没有到过广东。所以有此"疑点",

是因为他年轻时为了好玩，曾跟一个朋友借了一身军服照过一张照片，还佩了一柄"军人魂"的短剑。他大概曾经跟人吹过，说这种剑只有军校毕业生才有。这张照片早已不存在，但确有不止一个人见过，写有旁证材料。说他当过土匪，是因为他学铜匠的时候，有一师父会修枪。过去地方商会所办"保卫团"有枪坏了，曾拿给他去修过。于是就传成他会造枪，说他给乡下的土匪造过枪。于是就联系到高大头：他师父给土匪造枪，他师父就是土匪；他是土匪的徒弟，所以也是土匪。这种逻辑，颇为谨严。至于坐牢，倒是确有其事。他是司机，难免夹带一点私货，跑跑单帮。抗日战争时期从敌占区运到国统区；解放战争时期从国统区运到解放区。的确有两次被伪军和国民党军队查抄出来，关押了几天。关押的目的是敲竹杠。他花了一笔钱，托了朋友，也就保释出来了。所运的私货无非是日用所需，洋广杂货。其中也有违禁物资，如西药、煤油。但是很多人说他运的是枪支弹药。就算是枪支弹药吧：抗日战争时期，国共还在合作，由日本人那里偷运给国民党军队，不是坏事；解放战争时期由国民党军队那里偷运给新四军，这岂不是好事？然而不，这都是反革命行为。他确也被新四军扣留审查过几天，那是因为不清楚他的来历。后来已有新四军当时的负责人写了证明，说这是出于误会。以上诸问题，本不难澄清，但是有关部门一直未作明确结论，作为悬案挂在那里。他之所以被专区的师范解职，就是因为：历史复杂。

"文化大革命"，旧案重提，他被揪了出来。地方上的造反派为之成立了专案组。专案组的组长是当时造反派的头头,后来的财政局长谭凌霄,专案组成员之一是后来的房产管理处主任高宗汉。因为有此因缘,就逼得高大头终于不得不把他的房子楦一楦。此是后话。

"文化大革命"山呼海啸,席卷全国。高大头算个什么呢,真是沧海之一粟。不过他在本地却是出足了风头,因为案情复杂而且严重。南市口离县革会不远,县革会门前有一面大照壁。照壁上贴得满满一壁关于高大头的大字报,还有漫画插图。谭凌霄原来在文化馆工作,高宗汉原是电影院的美工,他们都能写会画,把高大头画得很像。他的形象特征很好掌握,一个鸭梨形的比身体还要大的头。在批斗他的时候,喊的口号也特别热闹:

"打倒反动军官高大头!"

"打倒土匪高大头!"

"打倒军火商高大头!"

"打倒三开分子高大头!"

剃头、画脸、游街、抄家、挨打、罚跪,应有尽有,不必细说。

高大头是个曾经沧海的人,"文化大革命"虽然是史无前例,他却以一种古已有之的态度对待之:逆来顺受。批斗、游街,随叫随到。低头的角度很低,时间很长。挨打挨踢,面无愠色。他身体结实,这些都经受得住。检查材料交了一大摞,写得很详细,很工整。时间、地点、经过、证明人,清清楚楚。一次一次,不厌其烦。但是这种检查越看越叫人生气。

谭凌霄亲自出马,带人外调。登了泰山,上了黄山,吃过西湖醋鱼、南京板鸭、苏州的三虾面,乘兴而去,兴尽而归,材料虽有,价值不大。(全国用于外调的钱,一共有多少?)

他们于是又回过头来把希望寄托在高大头本人身上,希望他自己说出一些谁也不知道的罪行,三番两次,交代政策,"坦白从宽,抗拒从严",态度很重要。态度好,可以从轻;态度不好,问题性质就会升级!苦口婆心,仁至义尽。高大头唯唯,然而交代材料仍然是那些车轱辘话。对于"反动军官"、"土匪"、"军火商",字面上绝不硬顶,事实上寸步不让。于是谭凌霄给了他一嘴巴子,骂道:"你真是一块滚刀肉!"

只有对于"三开分子",高大头却无法否认。

"三开分子"别处似不曾听说过,可以算得是这个小县的土特产。何谓"三开"? 就是在敌伪时期、国民党时期、共产党时期都吃得开。这个界限可很难划定。当过维持会长、国大代表、政协委员,这可以说是"三开"。这些,高大头都够不上。但是他在上述三个时期都活下来了,有一口饭吃,有时还吃得不错,且能娶妻生子,成家立业,要说是"吃得开",也未尝不可。

轰轰轰轰,"文化大革命"过去了。

高大头还是高大头。"三开分子"算个什么名目呢? 什么文件上也未见过。因此也就谈不上什么改正落实。抄家的时候,他把所有的箱笼橱柜都打开,任凭搜查。除了他的那些修鞋用具之外,还有他当司机时用过的扳子、钳子、螺丝刀,他在营造厂跑外时留下的一卷皮尺……这些都不值一顾。有两块桃源石的图章,高宗汉以为是玉的,上面还有龟纽,说这是"四旧",没收了(高大头当时想:真是没有见过世面,这值不了几个钱)。因此,除了皮肉吃了一点苦,高大头在这场开玩笑似的浩劫中没有多大损失。他没有什么抱怨,对谁也不记仇。

倒是谭凌霄、高宗汉因为白整了高大头几年,没有整出个名堂来,觉得很不甘心。世界上竟有这等怪事:挨整的已经觉得无所谓,整人的人倒耿耿于怀,总想跟挨整的人过不去,好像挨整的对不起他。

然而高大头从此得了教训,他很少跟人来往了,他不串门访友,也不愿说他那些天南地北的山海经。他整天只是埋头做活。

高大头高大魁伟,然而心灵手巧,多能鄙事。他会修汽车、修收音机、照相机、修表,当然主要是修鞋。他会修球鞋、胶鞋。他收的钱比谁家都贵,但是大家都愿多花几个钱送到他那里去修,因为他修得又结实又好看。他有一台火补的"机器",补好后放在模子里加热一压,鞋底的纹印和新的一样。在刚兴塑料鞋时,全城只有他一家会修塑料凉鞋,于是门庭若市(最初修塑料鞋,他都是拿到后面去修,怕别人看到学去)。就是在"文化大革命"时期,在他不挨批斗的日子,生意也很好("文化大革命"期间人们好像特别费鞋,因为又要游行,又要开会,又要跳忠字舞)。他还会补自行车胎、板车胎,甚至汽车外胎。因此,他的收入很可观。三中全会以后,允许单干,他带着一儿一女,一同做活,生意兴隆,真是很吃得开了。

他现在常在一起谈谈的,只有一个朱雪桥。

一来,他们是邻居。

二来,"文化大革命"期间,他们经常同台挨斗,同病相怜。

朱雪桥的罪名是美国特务。

朱雪桥是个针灸医生,为人老实本分,足迹未出县城一步,他怎么会成了美国特务呢?原来他有个哥哥朱雨桥,在美国,也是给人扎针,听说混得很不错。解放后,兄弟俩一直不通音信。但这总是个海外关系。这个县城里有海外关系的不多,凤毛麟角,很是珍贵。原来在档案里定的是"特嫌",到了"文化大革命",就直截了当,定成了美国特务。

这样,他们就时常一同挨斗。在接到批斗通知后,挂了牌子一同出门,斗完之后又挟了牌子一同回来。到了巷口,点一点头:"明天见!"——"会上见!"各自回家。

朱雪桥胆子小,原来很害怕,以为可能要枪毙。高大头暗中给他递话:"你是特务吗?——不是。不是你怕什么?沉住气,没事。光棍不吃眼前亏,注意态度。"朱雪桥于是仿效高大头,软磨穷泡,少挨了不少打。朱雪桥写的检查稿子,还偷偷送给高大头看过。高大头用铅笔轻轻做了记号,朱雪桥心领神会,都照改了。高大头每回挨斗,回来总要吃点好的。他前脚挂了牌子出门,他老婆后脚就绕过几条街去买肉。肉炖得了,高大头就叫女儿乘天黑人乱,给朱雪桥送一碗过去。朱雪桥起初不受,说:"这,这,这不行!"高大头知道他害怕,就走过去说:"吃吧! 不吃好一点顶不住!"于是朱雪桥就吃了。他们有时斗罢归来,分手的时候,还偷偷用手指圈成一个圈儿,比划一下,表示今天晚上可以喝两盅。

中国有不少人的友谊是在一同挨斗中结成的,这可称为文革佳话。

三来,他们两家的房子都非常紧,这就容易产生一种同类意识。

两家的房子原来都不算窄,是在挨斗的同时被挤小了的。

朱雪桥家原来住得相当宽敞,有三大间,旁边还有一间堆放杂物的厢房。朱雨桥在的时候,两家住;朱雨桥走了,朱雪桥一家三代六口人住着。朱雪桥不但在家里可以有地方给人扎针治病,还有个小天井,可以养十几盆菊花。——高大头养菊花就是受了朱雪桥的影响,他的菊花秧子大都是从朱雪桥那里分来的。

谭凌霄和高宗汉带着一伙造反派到朱雪桥家去抄家。叫高大头也一同去,因为他身体好,力气大,作为劳力,可以帮着搬东西。朱家的"四旧"不少。霁红胆瓶,摔了;康熙青花全套餐具,砸了;铜器锡器,踹扁了;硬木家具,劈了;朱雪桥的父母睡的一张红木宁式大床,是传了几代的东西,谭凌霄说:"抬走!"堂屋板壁上有四幅徐子兼画的猴。徐子兼是邻县的一位画家,已故,画花鸟,宗法华新罗,笔致秀润飘逸,尤长画猴。他画猴有定价,两块大洋一只。这四幅屏上的大大小小的猴真不老少。一个造反派跳上去扯了下来就要撕。高大头在旁插了一句嘴,说:"别撕。'金猴奋起千钧棒',猴是革命的。"谭凌霄一想,说:"对!卷起来,先放到我那里保存!"他属猴,对猴有感情。

抄家完毕,谭凌霄说:"你家的房子这样多?不行!"于是下令叫朱雪桥全家搬到厢房里住,当街另外开门出入。这三间封起来。在正屋与厢屋之间砌起了一堵墙,隔开。

高大头家原来是个连家店,前面是铺面,或者也可以叫做车间,后面是住家。抄家的时候(前文已表,他家是没有多少东西可抄的),高宗汉说:"你家的房子也太宽,不行!"于是在他的住家前面也砌了一堵墙,只给他留下一间铺面。

这样,高、朱两家的房屋面积都是一样大小了:九平米。

朱家六口人,这九平方米怎么住法呢?白天还好办。朱雪桥上班——他原来是私人开业,后来加入联合诊所,联合诊所撤销后,他进了卫生局所属的城镇医院,算是"国家干部"了。两个孩子(一儿一女)上学。家里只剩下朱雪桥的父亲母亲和他的老婆。到了晚上,三代人,九平米,怎么个睡法呢?高大头给他出了个主意,打了一张三层床。由下往上数:老两口睡下层,朱雪桥夫妇睡中层,两个孩子睡在最上层。一人翻身,全家震动。两个孩子倒很高兴,觉得爬上爬下,非常好玩。只是有时夜里要滚下来,这一跤可摔得不轻。小弟弟有时还要尿床,这个热闹可就大了!

高大头怎么办呢?他总得有个家呀。他有老婆,女儿也大了,到了快找对象的时候了,女人总有些女人的事情,不能大敞四开,什么都展览着呀。于是他找了点纤维板,打了半截板壁,把这九平米隔成了两半,两个狭条,各占四米半。后面是他老婆和女儿的卧房;前面白天是车间,到了晚上,临时搭铺,父子二人抵足而眠。后面一半外面看不见。前面的四米半可真是热闹。一架火补烘烤机器就占了三分之一。其余地方还要放工具、材料。他把能利用的空间都利用了。他敲敲靠巷子一边的山墙,还结实,于是把它抽掉一些砖头,挖成一格一格的,成了四层壁橱。酱油瓶子、醋瓶子、油瓶子、酒瓶子、扳子、钳子、粘胶罐子、钢锉、木锉、书籍(高大头文化不低,前已说过,他的字写得很工整)、报纸(高大头关心世界、国家大事,随时研究政策,订得一份省报,看后保存,以备查检,逐月逐年,一张不缺),全都放在"橱"里。层次分明,有条不紊。他修好的鞋没处放,就在板壁上钉了许多钉子,全都挂起来。面朝里,底朝外,鞋底上都贴着白纸条,写明鞋主姓名和取鞋日期。这样倒好,好找,省得一双一双去翻。他还养菊花(朱雪桥已经无此雅兴)。没有地方放,他就养了四盆悬崖菊,把它们全部在房檐口挂起来。这四个盆子很大。来修鞋的人走到门口都要迟疑一下,向上看看。高大头总是解释:"不碍事,挂得很结实,砸不了脑袋!"这四盆悬崖菊披披纷纷地倒挂下来,好看得很。高大头就在菊花影中运锉补鞋,自得其乐。

"四人帮"倒了之后,高大头和朱雪桥迭次向房产管理处和财政局写报告,请求解决他们的住房困难。这个县的房管处是财政局的下属单位,是一码事。也就是说,向高宗汉和谭凌霄写报告(至于谭、高二人怎么由造反派变成局长和主任,又怎样安然度过清查运动,一直掌权,似与本文无关,不表)。他们还迭次请求面见谭局长和高主任。高大头还给谭局长家修过收音机、照相机,都是白尽义务,分文不取。高主任很客气地接待他们,说:"你们的困难我是知道的,这是'文化大革命'的后遗症嘛,一定,一定设法解决。"谭凌霄对高宗汉说:"这两个家伙,不能给他们房子!"

中美建交。

朱雪桥忽然接到他哥哥朱雨桥的信,说他很想回乡探望双亲大人。信中除了详述他到美的经过,现在的生活,倾诉了思亲怀旧之情,文白夹杂,不今不古,之外,附带还问了问他花了五十块大洋请徐子兼画的四幅画,今犹在否。

朱雪桥把这封信交给了奚县长。

奚县长"文化大革命"前就是县长。"文化大革命"中被谭凌霄等一伙造反派打倒了。"四人帮"垮台后,经过选举,是副县长。不过大家还叫他奚县长。他主管文教卫生,兼管民政统战。朱雪桥接到朱雨桥的信,这件事,从哪方面说起来,都正该他管。

第一件事,应该表示欢迎。这是国家政策。

第二件事,应该赶紧解决朱雪桥的住房问题。朱雨桥回来,这九平米,怎么住?难道在三层床上再加一层吗?

事有凑巧,朱家原来的三间祖屋,在被没收后,由一个下放干部住着。恰好在朱雪桥接到朱雨桥来信前不久,这位下放干部病故了,家属回乡,这三间房还空着。这事好解决。奚县长亲自带了朱雪桥去找谭凌霄,叫他把那三间房还给朱家。谭凌霄当时没有话说,叫高宗汉填写了一张住房证发给了朱雪桥。朱雪桥随奚县长到县人民政府,又研究了一下怎样接待朱雨桥的问题。奚县长嘱咐他对"文化大革命"的情况尽量不要多谈,还批了条子,让他到水产公司去订购一点鲜鱼活虾,到蔬菜公司订购一点菱藕,到糖烟酒公司订几瓶原装洋河大曲。朱雪桥对县领导的工作这样深入细致,深表感谢。

不想他到了旧居门口,却发现门上新加了一把锁。

原来谭凌霄在发给朱雪桥住房证之后,立刻叫房管处签发了另一份住房证,派人送到湖东公社,交给公社书记的儿子,叫他先把门锁起来。一所房子同时发两张居住证,他这是存心叫两家闹纠纷,叫朱雪桥搬不进去。

朱雪桥不能撬人家的锁。

怎么办呢?高大头给他出了个主意,从隔开厢房与正屋的墙上打一个洞,先把东西搬进去再说。高大头身强力壮,心灵手巧,呼朋引类,七手八脚,不大一会儿,就办成了。

朱雨桥来信,行期在即。

奚县长了解了朱雪桥在墙上打了一个洞,说:"这成个什么样子!"于是打电话给财政局、房管处,请他们给朱家修一个门,并把朱家原来的三间正屋修理一下。谭凌霄、高宗汉"相应不理"。

县官不如现管,奚县长毫无办法。

奚县长打电话给卫生局,卫生局没有人工材料。

最后只得打电话给城镇医院。城镇医院倒有一点钱,雇工置料,给朱雪桥把房子修了。

徐子兼画的四幅画也还回来了。这四幅画在谭凌霄家里。朱雪桥拿着县人民政府的信,指名索要,谭凌霄抵赖不得,只好从柜子里拿出来给他。朱家的宁式大床其实也在谭凌霄家里,朱雪桥听从了高大头的意见,暂时不提。

朱雨桥回来,地方上盛大接待。朱雨桥吃了家乡的卡缝鳊、翘嘴白、槟榔芋、雪花藕、炝活虾、野鸭烧咸菜;给双亲大人磕了头,看看他的祖传旧屋,端详了徐子兼的画猴,满意得不得了。热闹了几天,告别各界领导。临去依依,一再握手。弟兄二人,洒泪而别,自不必说。

地方上为朱雨桥举行的几次宴会,谭局长一概称病不赴。高主任因为还不够格,也未奉陪。谭凌霄骂了一句国骂,说:"海外关系倒跷起来了!"

谭凌霄当然知道朱雪桥在墙上打洞,先发制人,造成既成事实,这主意是高大头出的。朱雪桥是个老实人,想不出这种招儿。徐子兼的画在他手里,也是高大头告发的。这四幅画他平常不大拿出来挂。有一天"晒伏",他摊在地上。那天正好高大头来送修好了的收音机。这小子眼睛很贼,瞅见过。除了他,没有别人!批给朱家三间房子,丢了四张画,事情不大,但是他谭凌霄没有栽过这个跟头。这使他丢了面子,在本城群众面前矮了一截。这些草民,一定会在他背后指手画脚,喊喊喳喳地议论的。谭凌霄非常窝火,在心里恨道:"好小子,你就等着我的吧!"他引用了一句慈禧太后的话："谁要是叫我不痛快,我就叫谁不痛快一辈子!"

高大头知道事情不大妙,但是他还是据理力争,几次找房管处要房子。高宗汉接见了他。这回态度变了,干脆说:"没有!"高大头还是软软和和地说:"没有房子,给我一块地皮也行,我自己盖。"——"你自己盖?你有钱?是你说过:你有八千块钱存款,只要你给一块地皮,盖一所一万块钱的房子,不费事?你说过这话没有?"高大头是曾经夸过这个海口,不知是哪个嘴快的给传到高宗汉耳朵里去了,但是他还是赔着笑脸,说:"那是酒后狂言。"高宗汉板着脸说:"有本事你就盖。地皮没有。就这九平米。你就在这九平米上盖!只要你不多占一分地,你怎么盖都行。盖一座摩天大楼我也不管,随便!就这个话!往后你还别老找我来啰嗦!你有意见?你有本事告我去!告我和谭局长去!我还有事,你请便!"

高大头这一天半宵都没有睡着觉,一支接一支地抽烟,抽了多半盒"大运河"。

与此同时,谭凌霄利用盖集体宿舍的名义给自己盖了一所私人住宅。

谭凌霄盖住宅的时候,高大头天天到邮局去买报纸,《人民日报》、《文汇报》、《解放日报》、《新华日报》,能买到的都买了来,戴着他的黑边窄片老花镜一张一张地看,用红铅笔划道、剪贴、研究。

谭凌霄的住宅盖成了。且不说他这所住宅有多大,单说房前的庭院：有一架葡萄、一丛竹子、几块太湖石，还修了一座阶梯式的花台，放得下百多盆菊花。这在本城县一级领导里是少有的。

这一天，谭局长备了三桌酒，邀请熟朋友来聚聚。一来是暖暖他的新居，二来是酬谢这些朋友帮忙出力，提供材料。杯筷已经摆好，凉菜尚未上桌，谭局长正陪同客人在庭前欣赏他的各种菊花，高大头敲门，一头闯了进来。谭凌霄问："你来干什么？"高大头拿出一卷皮尺，说："对不起，我量量你们家的房子。"说罢就动起手来。谭凌霄一时不知如何是好，客人也都莫名其妙。高大头非常麻溜利索。眨眼的工夫就量完了。前文交代，他在营造厂干过，干这种事情，是个内行。他收了皮尺，还负手站在一边，陪主人客人一同看了一会儿菊花。这菊花才真叫菊花！一盆墨菊，乌黑的，花头有高大头的脑袋大！一盆狮子头，花头旋拧着，像一团发亮的金黄色的云彩！一盆十丈珠帘，花瓣垂下有一尺多长！高大头知道，这都是从公园里搬来的。这几盆菊花，原来放在公园的暖房里，旁边插着牌子，写着"非卖品"。等闲人只能隔着玻璃看看。高大头自从菊花开始放瓣的时候，天天去看，太眼熟了。

高大头看完菊花，道了一声"谢谢，饱了眼福"，转身自去。

谭局长这顿饭可没吃好。他心里很不踏实：高大头这小子，量了我的房子，不会有什么好事！

高大头当晚借了朱雪桥家的堂屋，把谭凌霄假借名义，修盖私人住宅的情况，写了一封群众来信。信中详细描叙了谭宅的尺寸、规格，并和本县许多住房困难的人家作了对比。连夜抄得，天亮付邮,寄给省报。

过了几天,省报下来了一个记者。

记者住在招待所。

他本来是来了解本县今年秋收分配情况的,没想到,才打开旅行包,洗了脸,就有人来找他。这些人反映的都是一件事:谭局长修盖私人住宅,没有那回事,这是房管局分配给他的宿舍;高大头是个三开分子,品质恶劣,专门造谣中伤,破坏领导威信。接二连三,络绎不绝(这些人都是谭凌霄在"文化大革命"中的"老战友")。记者在编辑部本知道有这样一封群众来信,不过他的任务不是了解此事。这样一来,倒引起了他的注意。他找了本县的几个通讯员和一些群众做了调查,他们都说有这回事。他请高大头到招待所来谈谈,高大头带来了他的那封信的底稿和一张谭凌霄住宅平面图。

记者把这件事用"本报记者"名义写了一篇报道,带回了报社。

也活该谭凌霄倒霉,他赶到坎上了,现在正是大抓不正之风的时候。报社决定用这篇稿子。打了清样,寄到本县县委,征求他们的意见,是否同意发表。县委书记看了清样,正在考虑,奚县长正在旁边,说:"这件事你要是压下来,将来问题深化了,你也会被牵扯进去,这是一;如果不同意发表这篇报道,那将来本县的消息要见省报,可就困难了,这是二。"县委书记击案说:"好!同意!"奚县长抓起笔就写了一封复信:

"此稿报道情况完全属实,同意发表。这对我们整顿党政作风,很有帮助,特此表示感谢。"

报道在省报发表后,全城轰动。很多居民买了鞭炮到大街上来放,好像过年一样。

高大头当真在他的九平米的地基上盖起了一所新房子(在修建新房时,他借住了朱雪桥原来住的厢房)。这座房子一共三十六平米。他盖了个两楼一底。底层还是九米。上面一层却有十二米。他把上层的楼板向下层的檐外伸出了一截,突出在街面上。紧挨上层,他又向南伸展,盖了一间过街楼,那一头接到朱雪桥家厢房房顶。这间过街楼相当高,楼下可过车辆行人,不碍交通。过街楼有十五平米。这样,高大头家四口人,每人就有九平米,很宽绰了。高大头的儿子就是要结婚,也完全有地方。这两楼一底是高大头自己设计的。他干过营造厂嘛。来来往往的人看了高大头的这所十分别致的房子,都说:"这家伙真是个皮凤三,他硬把九平方米楦成了三十六平方米,神了!"

谭凌霄,高宗汉忽然在同一天被撤了职。这消息可靠。据财政局的人说,他们自己已接到通知,只是还没有公开宣布。他们这两天已经不到机关上班了。因为要是再去,别人叫他们"局长"、"主任",答应不好,不答应也不好。

在听到他们俩被撤职的消息后,城里人有没有放鞭炮呢?没有。他们是很讲恕道的。

这二位到底为什么被撤职呢?众说纷纭。有人说是他们在住房问题上对群众刁难勒索,太招恨了;有人说是他们通同作弊,修盖私人住宅;有人说:因为他们是造反派!究竟如何,且听下回分解。

一九八一年十二月二十五日

小学校的钟声

瓶花收拾起台布上细碎的影子。磁瓶没有反光,温润而寂静,如一个人的品德。磁瓶此刻比它抱着的水要略微凉些。窗帘因为暮色浑染,沉沉静垂。我可以开灯。开开灯,灯光下的花另是一个颜色。开灯后,灯光下的香气会不会变样子?可做的事好像都已做过了。我望望两只手,我该如何处置这个?我把它藏在头发里么?我的头发里保存有各种气味,自然它必也吸取了一点花香。我的头发,黑的和白的。每一游尘都带一点香。我洗我的头发,我洗头发时也看见这瓶花。

天黑了,我的头发是黑的。黑的头发倾泻在枕头上。我的手在我的胸上,我的呼吸振动我的手。我念了念我的名字,好像呼唤一个亲昵朋友。

小学校里的欢声和校园里的花都融解在静沉沉的夜气里。那种声音实在可见可触,可以供诸瓶几,一簇,又一簇。我听见钟声,像一个比喻。我没有数,但我知道它的疾徐,轻重,我听出今天是西南风。这一下打在那块铸刻着校名年月的地方。校工老詹的汗把钟绳弄得容易发潮了,他换了一下手。挂钟的铁索把两棵大冬青树干拉近了点,因此我们更不明白地上的一片叶子是哪一棵上落下来的;它们的根胡已经彼此要呵痒玩了吧。又一下,老詹的酒瓶没有塞好,他想他的猫已经看见他的五香牛肉了。可是又用力一下。秋千索子有点动,他知道那不是风。他笑了,两个矮矮的影子分开了。这一下敲过一定完了,钟绳如一条蛇在空中摆动,老詹偷偷地到校园里去,看看校长寝室的灯,掐了一枝花,又小心敏捷:今天有人因为爱这枝花而被罚清除花上的蚜虫。"韵律和生命合成一体,如钟声。"我活在钟声里。钟声同时在我生命里。天黑了。今年我二十五岁。一种荒唐继续荒唐的年龄。

十九岁的生日热热闹闹地过了,可爱得像一种不成熟的文体,到处是希望。酒阑人散,厅堂里只剩余一枝红烛,在银烛台上。我应当夹一夹烛花,或是吹熄它,但我什么也不做。一地明月。满宫明月梨花白,还早得很。什么早得很,十二点多了!我简直像个女孩子。我的白围巾就像个女孩子的。该睡了,明天一早还得动身。我的行李已经打好了,今天我大概睡那条大红绫子被。

一早我就上了船。

弟弟们该起来上学去了。我其实可以晚点来,跟他们一齐吃早点,即使送他们到学校也不误事。我可以听见打预备钟再走。

靠着舱窗,看得见码头。堤岸上白白的,特别干净,风吹起鞭爆纸。卖饼的铺子门板上错了,从春联上看得出来。谁,大清早骑驴过去的？脸好熟。有人来了，这个人会多给挑夫一点钱，我想。这个提琴上流过多少音乐了，今天晚上它的主人会不会试一两支短曲子。夥，这个箱子出过国！旅馆老板应当在报纸上印一点诗，旅行人是应当读点诗的。这个，来时跟我一齐来的，他口袋里有一包胡桃糖，还认得我么？我记得我也有一大包胡桃糖，在箱子里，昨天大姑妈送的。我送一块糖到嘴里时，听见有人说话：

"好了，你回去吧，天冷，你还有第一堂课。"

"不要紧，赶得及；孩子们会等我。"

"老詹第一课还是常晚打五分钟么？"

"什么——是的。"

岸上的一个似乎还想说什么，嘴动了动，风大，想还是留到写信时说。停了停，招招手说：

"好，我走了。"

"再见。啊呀！——"

"怎么？"

"没什么。我的手套落到你那儿了。不要紧。大概在小茶几上，插梅花时忘了戴。我有这个！"

"找到了给你寄来。"

"当然寄来，不许昧了！"

"好小气！"

岸上的笑笑，又扬扬手，当真走了。风披下她的一绺头发来了，她已经不好意思歪歪地戴一顶绒线帽子了。谁教她就当了教师!她在这个地方待不久的,多半到暑假就该含一汪眼泪向学生告别了,结果必是老校长安慰一堆小孩子,连这个小孩子。我可以写信问弟弟:"你们学校里有个女老师,脸白白的,有个酒涡,喜欢穿蓝衣服,手套是黑的,边口有灰色横纹,她是谁,叫什么名字?声音那么好听,是不是教你们唱歌?——"我能问么?不能,父亲必会知道,他会亲自到学校看看去。年纪大的人真没办法!

我要是送弟弟去,就会跟她们一路来。不好,老詹还认得我。跟她们一路来呢,就可以发现船上这位的手套忘了,哪有女孩子这时候不戴手套的。我会提醒她一句。就为那个颜色,那个花式,自己挑的。自己设计的,她也该戴。——"不要紧,我有这个!"什么是"这个",手笼?大概是她到伸出手来摇摇时才发现手里有一个什么样的手笼,白的?我没看见,我什么也没看见。只缘身在此山中,我在船上。梅花,梅花开了?是硃砂还是绿萼?校园里旧有两棵的。波——汽笛叫了。一个小轮船安了这么个大汽笛,岂有此理!我躺下吃我的糖。……

"老师早。"

"小朋友早。"

我们像一个个音符走进谱子里去。我多喜欢我那个棕色的书包。蜡笔上沾了些花生米皮子。小石子,半透明的,从河边捡来的。忽然摸到一块糖,早以为已经在我的嘴里甜过了呢。水泥台阶,干净得要我们想洗手去。"猫来了,猫来了。""我的马儿好,不喝水,不吃草。"下课钟一敲,大家噪得那么野,像一簇花突然一齐开放了。第一次栖来这个园里的树上的鸟吓得不假思索地便鼓翅飞了,看别人都不动,才又飞回来,歪着脑袋向下面端详。我六岁上幼稚园。玩具橱里有个Joker至今还在那儿傻傻地笑。我在一张照片里骑木马,照片在粉墙上发黄。

百货店里我一眼就看出那是我们幼稚园的老师。她把头发梳成圣玛丽的样子。她一定看见我了,看见我的校服,看见我的受过军训的特有姿势。她装作专心在一堆纱手巾上。她的脸有点红,不单是因为低头。我想过去招呼,我怎么招呼呢?到她家里拜访一次?学校寒假后要开展览会吧,我可以帮她们剪纸花,扎蝴蝶。不好,我不会去的。暑假我就要考大学了。

我走出舱门。

我想到船头看看。我要去的向我奔来了。我抱着胳膊,不然我就要张开了。我的眼睛跟船长看得一般远。但我改了主意。我走到船尾去。船头迎风,适于夏天,现在冬天还没有从我语言的惰性中失去。我看我是从哪里来的。

水面简直没有什么船。一只鸬鹚用青色的脚试量水里的太阳。岸上柳树枯干子里似乎已经预备了充分的绿。左手珠湖笼着轻雾。一条狗追着小轮船跑。船到九道湾了,那座庙的朱门深闭在逶迤的黄墙间,黄墙上面是蓝天下的苍翠的柏树。冷冷的是宝塔檐角的铃声在风里摇。

从呼吸里,从我的想象,从这些风景,我感觉我不是一个人。我觉得我不大自在,受了一点拘束。我不能吆喝那只鸬鹚,对那条狗招手,不能自作主张把那一堤烟柳移近庙旁,而把庙移在湖里的雾里。我甚至觉得我站着的姿势有点放肆,我不是太睥睨不可一世就是像不绝俯视自己的灵魂。我身后有双眼睛。这不行,我十九岁了,我得像个男人,这个局面应当由我来打破。我的胡桃糖在我手里。我转身跟人互相点点头。

"生日好。"

"好,谢谢。——"生日好!我眨了眨眼睛。似乎有点明白。这个城太小了。我拈了一块糖放进嘴里,其实胡桃皮已经麻了我的舌头。如此,我才好说。

"吃糖。"一来接糖,她就可走到栏杆边来,我们的地位得平行才行。我看到一个黑皮面的速写簿,它看来颇重,要从腋下滑下去的样子,她不该穿这么软的料子。黑的衬亮所有白的。

"画画?"

"当着人怎么动笔。"

当着人不好动笔,背着人倒好动笔?我倒真没见到把手笼在手笼里画画的,而且又是个白手笼!很可能你连笔都没有带。你事先晓得船尾上就有人?是的,船比城更小。

"再过两三个月,画画就方便了。"

"那时候我们该拼命忙毕业考试了。"

"噢呵,我是说树就都绿了。"她笑了笑,用脚尖踢踢甲板。我看见袜子上有一块油斑,一小块药水棉花凸起,虽然敷得极薄,还是看得出。好,这可会让你不自在了,这块油斑会在你感觉中大起来,棉花会凸起,凸起如一个小山!

"你弟弟在学校里大家都喜欢。你弟弟像你,她们说。"

"我弟弟像我小时候。"

她又笑了笑。女孩子总爱笑。"此地实乃世上女子笑声最清脆之一隅。"我手里的一本书里印着这句话。我也笑了笑。她不懂。

我想起背乘数表的声音。现在那几棵大银杏树该是金黄色的了吧。它吸收了多少种背诵的声音。银杏树的木质是松的,松到可以透亮。我们从前的图画板就是用这种木头做的。风琴的声音属于一种过去的声音。灰尘落在教室的绉纸饰物上。

"敲钟的还是老詹?"

"剪校门口冬青的也还是他。"

冬青细碎的花,淡绿色;小果子,深紫色。我们仿佛并肩从那条拱背的砖路上一齐走进去。夹道是平平的冬青,比我们的头高。不多久,快了吧,冬青会生出嫩红色的新枝叶,于是老詹用一把大剪子依次剪去,就像剪头发。我们并肩走进去,像两个音符。

我们都看着远远的地方,比那些树更远,比那群鸽子更远。水向后边流。

要弟弟为我拍一张照片。呵,得再等等,这两天他怎么能穿那种大翻领的海军服。学校旁边有一个铺子里挂着海军服。我去买的时候,店员心里想什么,衣服寄回去时家里想什么,他们都不懂我的意思。我买一个秘密,寄一个秘密。我坏得很。早得很,再等等,等树都绿了。现在还只是梅花开在灯下。疏影横斜于我的生日之中。早得很,早什么,嗐,明天一早你得动身,别尽弄那梅花,看忘了事情,落了东西!听好,第一次钟是起身钟。

"你看,那是什么?"

"乡下人接亲,花轿子。"——这个东西不认得?一团红吹吹打打的过去,像个太阳。我看着的是指着的手。修得这么尖的指甲,不会把我戳破?我撮起嘴唇,河边芦苇嘘嘘响,我得警告她。

"你的手冷了。"

"哪有这时候接亲的。——不要紧。"

"路远,不到晌午就发轿。拣定了日子。就像人过生日,不能改的。你的手套,咳,得三天样子才能寄到。——"

她想拿一块糖,想拿又不拿了。

"用这个不方便。不好画画。"

她看了看指甲,一片月亮。

"冻疮是个讨厌东西。"讨厌得跟记忆一样,"一走多路,发热。"

她不说话,可是她不用一句话简直把所有的都说了。她把速写簿放在旁边的凳子上,把另一只手也褪出来,很不屑地把手笼放在速写簿上。手笼像一头小猫。

她用右手指转正左手上一个石榴子的戒指,看了我一眼,这一眼的意思是:

看你还有什么可说的!

我若再说，只有说：

你看，你的左手就比右手红些，因为它受暖的时间长些。你的体温从你的戒指上慢慢消失了。李长吉说"腰围白玉冷"，你的戒指一会儿就显得硬得多！

但是不成了，放下她的东西时她又稍稍占据比我后一点的地位了。我发现她的眼睛有一种跟人打赌的光，而且像邱比德一样有绝对的把握样子。她极不恭敬看着我的白围巾，我的围巾且是薰了一点香的。

来一阵大风，大风，大风吹得她的眼睛冻起来，哪怕也冻住我们的船。

她挪过她的眼睛，但原来在她眼睛里的立刻搬上她的眼角。

万籁无声。

胡桃皮硝制我的舌头。

一放手，我把一包糖掉落到水里，有意甚于无意。糖衣从胡桃上解去。但胡桃里面也透了糖。胡桃本身也是甜的。胡桃皮是胡桃皮。

"走吧，验票了。"她说话了，说了话，她恢复不了原来的样子了。感谢船是那么小：

"到我舱里来坐坐。我有不少橘子，这么重，才真不方便。我这是请客了。"

我的票子其实就在身上，不过我还是回去一下。我知道我是应当等一会儿才去赴约的。半个钟头，差不多了吧。当然我不能吹半点钟风,因为我已经吹了不止半点钟风。而且她一定预料我不会空了两手去,她知道我昨天过生日。(她能记得多少时候,到她自己过生日时会不会想起这一天?想到此,她会独自嫣然一笑,当她动手切生日糕时。她自有她的秘密。)现在,正是时候了:

弟弟放午课回家了,为折磨皮鞋一路踢着石子。河堤西侧的阴影洗去了。弟弟的音乐老师在梅瓶前入神,鸟声灌满了校园。她拿起花瓶后面一双手套,一时还没有想到下午到邮局去寄。老詹的钟声颤动了阳光,像颤动了水,声音一半扩散,一半沉淀。

"好,当然来。我早闻见橘子香了。"

差点我说成橘子花。唢呐声消失了,也消失了湖上的雾,一种消失于不知不觉中,而并使人知觉于消失之后。

果然,半点钟内,她换了袜子。一层轻绡从她的脚上褪去,和怜和爱她看看自己的脚尖,想起雨后在洁白的浅滩上印一湾苗条的痕迹,一种难以言说的温柔。怕太娇纵了自己,她赶快穿上一双。

小桌上两个剥了的橘子,橘子旁边是那头白猫。

"好,你是来做主人了。"

放下手里的一盒点心,一个开好的罐头,我的手指接触到白色的手,又凉又滑。

"你是哪一班的?"。

"比你低两班。"

"我怎么不认识你。"

"我是插班进去的,当中还又停了一年。"

她心里一定也笑,还不认识!

"你看过我弟弟?"

"昨天还在我表姐屋里玩来的。放学时逗他玩,不让他回去,急死了!"

"欺负小孩子,你表姐是不是那里毕业的?"

"她生了一场病,不然比我早四班。"

"那她一定在那个教室上过课,窗户外头是池塘,坐在窗户台上可以把钓竿伸出去钓鱼。我钓过一条大乌鱼,想起祖母说,乌鱼头上有北斗七星,赶紧又放了。"

"池塘里有个小岛,大概本来是座坟。"

"岛上可以拣野鸭蛋。"

"我没拣过。"

"你一定拣过,没有拣到!"

"你好像看见似的。要橘子,自己拿。那个和尚的石塔还是好好的。你从前懂不懂刻在上面的字?"

"现在也未见得就懂。"

"你在校刊上老有文章。我喜欢塔上的莲花。"

"莲花还好好的。现在若能找到我那些大作,看看,倒非常好玩。"

"昨天我在她们那儿看到好些学生作文。"

"这个多吃点不会怎么,笋,怕什么。"

"你现在还画画么?"

"我没有速写簿子。你怎么晓得我喜欢过?"

我高兴有人提起我久不从事的东西。我实在应当及早学画。我老觉得我在这方面的成就会比我将要投入的工作可靠得多。我起身取了两个橘子,却拿过那个手笼尽抚弄。橘子还是人家拿了坐到对面去剥了。我身边空了一点,因此我觉得我有理由不放下那种柔滑的感觉。

"我们在小学顶高兴野外写生。美术先生姓王,说话老是'譬如''譬如',——画来画去,大家老是一个拥在丛树之上的庙檐;一片帆,一片远景;一个茅草屋子,黑黑的窗子,烟囱里不问早晚都在冒烟。老去的地方是东门大窑墩子。泰山庙文游台,王家亭子……"

"傅公桥,东门和西门的宝塔……"

"西门宝塔在河堤上,实在我们去得最多的地方是河堤上。老是问姓瞿的老太婆买荸荠吃。"

"就是这条河,水会流到那里。"

"你画过那个渡头,渡头左近尽是野蔷薇,香极了。"

"那个渡头……渡过去是潭家坞子。坞子里树比人还多。画眉比鸭子还多……"

"可是那些树不尽是柳树,你画的全是一条一条的。"

"……"

"那张画至今还在成绩室里。"

"不记得了,你还给人家改了画。那天是全校春季远足,王老师忙不过来了,说大家可以请汪曾祺改,你改得很仔细,好些人都要你改。"

"我的那张画也还在成绩室里,也是一条一条的。表姐昨天跟我去看过。……"

我咽下一小块停留在嘴里半天的蛋糕,想不起什么话说,我的名字被人叫得如此自然。不自觉地把那个柔滑的感觉移到脸上,而且我的嘴唇也想埋在洁白的窝里。我的样子有点傻,我的年龄亮在我的眼睛里。我想一堆带露的蜜波花瓣拥在胸前。

一块橘子皮飞过来,刚好砸在我脸上,好像打中了我的眼睛。我用手掩住眼睛。我的手上感到百倍于那只猫的柔润,像一只招凉的猫,一点轻轻地抖,她的手。

波——岂有此理,一只小小的船安这么大一个汽笛。随着人声喧沸,脚步忽乱。

"船靠岸了。"

"这是××,晚上才能到××。"

"你还要赶夜车?"

"大概不,我尽可以在××耽搁几天,玩玩。"

"什么时候有兴给我画张画。——"

"我去看看,姑妈是不是来接我了,说好了的。"

"姑妈?你要上了?"

"她脾气不大好,其实很好,说叫去不能不去。"

我揉了揉眼睛,把手笼交给她,看她把速写簿子放进箱子,扣好大衣领子,知道她说的是真的。

"箱子我来拿,你笼着这个不方便。"

"谢谢,是真不方便。"

当然,老詹的钟又敲起来了。风很大,船晃得厉害,每个教室里有一块黑板。黑板上写许多字,字与字之间产生一种神秘的交通,钟声作为接引。我不知道我在船上还是在水上,我是怎么活下来的。有时我不免稍微有点疯,先是人家说起后来是我自己想起。钟!……

四月廿七日夜写成

廿九日改易数处,添写最后两句。

一月不熬夜,居然觉得疲倦。我的疲倦引诱我。

纪念我的生日,纪念几句话。

茶干

家家户户离不开酱园。开门七件事,柴米油盐酱醋茶,倒有三件和酱园有关:油、酱、醋。

连万顺是东街一家酱园。

他家的门面很好认,是个石库门。麻石门框,两扇大门包着铁皮,用奶头铁钉钉出如意云头。本地的店铺一般都是"铺闼子门",十二块、十六块门板,晚上上在门坎的槽里,白天卸开。这样的石库门的门面不多。城北只有那么几家。一家恒泰当,一家豫丰南货店。恒泰当倒闭了,豫丰失火烧掉了。现在只剩下北市口老正大棉席店和东街连万顺酱园了。这样的店面是很神气的。尤其显眼的是两边白粉墙的两个大字。黑漆漆出来的。字高一丈,顶天立地,笔画很粗。一边是"酱",一边是"醋"。这样大的两个字!全城再也找不出来了。白墙黑字,非常干净。没有人往墙上贴一张红纸条,上写"出卖重伤风,一看就成功;"小孩子也不在墙上写:"小三子,吃狗屎。"

店堂也异常宽大。西边是柜台。东边靠墙摆了一溜豆绿色的大酒缸。酒缸高四尺,莹润光洁。这些酒缸都是密封着的。有时打开一缸,由一个徒弟用白铁卿筒把酒汲在酒坛里,酒香四溢,飘得很远。

往后是一个很大的院子,青砖铺地,整整齐齐排列着百十口大酱缸。酱缸都有个帽子一样的白铁盖子。下雨天盖上。好太阳时揭下盖子晒酱。有的酱缸当中掏出一个深洞,如一小井。原汁的酱油从井壁渗出,这就是所谓"抽油"。西边有一溜走廊,走廊尽头是一个小磨坊。一头驴子在里面磨芝麻或豆腐。靠北是三间瓦屋,是做酱菜、切萝卜干的作坊。有一台锅灶,是煮茶干用的。

从外往里,到处一看,就知道这家酱园的底子是很厚实的——单是那百十缸酱就值不少钱!

连万顺的东家姓连。人们当面叫他连老板,背后叫他连老大。都说他善于经营,会做生意。

连老大做生意,无非是那么几条:

第一,信用好。连万顺除了做本街的生意,主要是做乡下生意。东乡和北乡的种田人上城,把船停在大淖,拴好了船绳,就直奔连万顺,打油、买酱。乡下人打油,都用一种特制的油壶,广口,高身,外面挂了酱黄色的釉,壶肩有四个"耳",耳里拴了两条麻绳作为拎手,不多不少,一壶能装十斤豆油。他们把油壶往柜台上一放,就去办别的事情去了。等他们办完事回来,油已经打好了。油壶口用厚厚的桑皮纸封得严严的。桑皮纸上盖了一个墨印的圆印:"连万顺记"。乡下人从不怀疑油的分量足不足,成色对不对。多年的老主顾了，还能有错？他们要的十斤干黄酱也都装好了，装在一个元宝形的粗篾浅筐里，筐里衬着荷叶，豆酱拍得实实的，酱面盖了几个红曲印的印记，也是圆形的。乡下人付了钱，提了油壶酱筐，道一声"得罪"，就走了。

第二，连老板为人和气。乡下的熟主顾来了，连老板必要起身招呼，小徒弟立刻倒了一杯热茶递了过来。他家柜台上随时点了一架盘香，供人就火吸烟。乡下人寄存一点东西，雨伞、扁担、箩筐、犁铧、坛坛罐罐，连老板必亲自看着小徒弟放好。有时竟把准备变卖或送人的老母鸡也寄放在这里，连老板也要看着小徒弟把鸡拎到后面廊子上，还撒了一把酒糟喂喂。这些鸡的脚爪虽被捆着，还是卧在地上高高兴兴地啄食，一直吃到有点醉醺醺的，就闹起眼睛来睡觉。

连老板对孩子也很和气。酱园和孩子是有缘的。很多人家要打一点酱油，打一点醋，往往派一个半大孩子去。妈妈盼望孩子快些长大，就说："你快长吧，长大了好给我打酱油去！"买酱菜，这是孩子乐意做的事。连万顺家的酱菜样式很齐全：萝卜头对香菜、酱红根、糖醋蒜……什么都有。最好吃的是甜酱甘露和麒麟菜。甘露，本地叫做"螺螺菜"，极细嫩。麒麟菜是海菜，分很多叉，样子有点像画上的麒麟的角，半透明，嚼起来脆脆的。孩子买了甘露和麒麟菜，常常一边走，一边吃。

一到过年，孩子们就惦记上连万顺了。连万顺每年预备一套锣鼓家伙，供本街的孩子来敲打。家伙很齐全，大锣、小锣、鼓、水镲、碰钟,一样不缺。初一到初五,家家店铺都关着门。几个孩子敲敲石库门,小徒弟开开门,一看,都认识,就说:"玩去吧!"孩子们就一窝蜂奔到后面的作坊里,操起案子上的锣鼓,乒乒乓乓敲打起来。有的孩子敲打了几年,能敲出几套十番,有板有眼,像那么回事。这条街上,只有连万顺家有锣鼓。锣鼓声使东街增添了过年的气氛。敲够了,又一窝蜂走出去,各自回家吃饭。

到了元宵节,家家店铺都上灯。连万顺家除了把四张玻璃宫灯都点亮了,还有四张雕镂得很讲究的走马灯。孩子们都来看。本地有一句歇后语:"乡下人不识走马灯——又来了!"这四张灯里周而复始,往来不绝的人马车炮的灯影,使孩子百看不厌。孩子们都不是空着手来的,他们牵着兔子灯,推着绣球灯,系着马灯,灯也都是点着了的。灯里的蜡烛快点完了,连老板就会捧出一把新的蜡烛来,让孩子们点了,换上。孩子们于是各人带着换了新蜡烛的纸灯,呼啸而去。

预备锣鼓,点走马灯,给孩子们换蜡烛,这些,连老大都是当一回事的。年年如此,从无疏忽忘记的时候。这成了制度,而且简直有点宗教仪式的味道。连老大为什么要这样郑重地对待这些事呢?这为了什么目的,出于什么心理?实在令人捉摸不透。

第三,连老板很勤快。他是东家,但是不当"甩手掌柜的"。大小事他都要过过目,有时还动动手。切萝卜干、盖酱缸、打油、打醋,都有他一份。每天上午,他都坐在门口晃麻油。炒熟的芝麻磨了,是芝麻酱,得盛在一个浅缸盆里晃。所谓"晃",是用一个

茶干

紫铜锤出来的中空的圆球,圆球上接一个长长的木把,一手执把,把圆球在麻酱上轻轻地压,压着压着,油就渗出来了。酱渣子沉于盆底,麻油浮在上面。这个活很轻松,但是费时间。连老大在门口晃麻油,是因为一边晃,一边可以看看过往行人。有时有熟人进来跟他聊天,他就一边聊,一边晃,手里嘴里都不闲着,两不耽误。到了下午出茶干的时候,酱园上上下下一齐动手,连老大也算一个。

茶干是连万顺特制的一种豆腐干。豆腐出净渣,装在一个一个小蒲包里,包口扎紧,入锅,码好,投料,加上好抽油,上面用石头压实,文火偎煮。要煮很长时间。煮得了,再一块一块从麻包里倒出来。这种茶干是圆形的,周围较厚,中间较薄,周身有蒲包压出来的细纹,每一块当中还带着三个字:"连万顺",——在扎包时每一包里都放进一个小小的长方形的木牌,木牌上刻着字,木牌压在豆腐干上,字就出来了。这种茶干外皮是深紫黑色的,掰开了,里面是浅褐色的。很结实,嚼起来很有咬劲,越嚼越香,是佐茶的妙品,所以叫做"茶干"。连老板监制茶干,是很认真的。每一道工序都不许马虎。连万顺茶干的牌子闯出来了。车站、码头、茶馆、酒店都有卖的。后来竟有人专门买了到外地送人的。双黄鸭蛋、醉蟹、董糖、连万顺的茶干,凑成四色礼品,馈赠亲友,极为相宜。

连老大就是这样一个人,一个开酱园的老板,一个普普通通、正正派派的生意人,没有什么特别处。这样的人是很难写成小说的。

要说他的特别处,也有。有两点。

一是他的酒量奇大。他以酒代茶。他极少喝茶。他坐在账桌上算账的时候,面前总放一个豆绿茶碗。碗里不是茶,是酒——一般的白酒,不是什么好酒。他算几笔,喝一口,什么也不"就"。一天老这么喝着。喝完了,就自己去打一碗。他从来没有醉的时候。

二是他说话有个口头语"的时候"。什么话都要加一个"的时候"。"我的时候"、"他的时候"、"麦子的时候"、"豆子的时候"、"猫的时候"、"狗的时候"……他说话本来就慢,加了许多"的时候",就更慢了。如果把他说的"的时候"都删去,他每天至少要少说四分之一的字。

连万顺已经没有了。连老板也故去多年了。五六十岁的人还记得连万顺的样子,记得门口的两个大字,记得酱园内外的气味,记得连老大的声音笑貌,自然也记得连万顺的茶干。

连老大的儿子也四十多了。他在县里的副食品总店工作。有人问他:"你们家的茶干,为什么不恢复起来?"他说:"这得下十几种药料,现在,谁做这个!"

一个人监制的一种食品,成了一地方具有代表性的土产,真也不容易。不过,这种东西没有了,也就没有了。

一九八五年十二月十二日

落魄

他为什么要到"内地"来？不大可解，也没有人问过他。自然，你现在要是问我究竟为什么大老远的跑到昆明过那么几年，我也答不上来。为了抗战？除了下乡演演《放下你的鞭子》，我没有为抗战做过多少事。为了读书？大学都"内迁"了。有那么一点浪漫主义，年纪轻，总希望向远处跑，向往大后方。总而言之，是大势所趋。有那么一股潮流，把我一带，就带过了千山万水。这个人呢？那个潮流似乎不大可能涉及到他。我们那里的人都安土重迁，出门十五里就要写家书的。我们小时听老人经常告诫的两件事，一是"万恶的社会"，另一件就是行旅的艰难。行船走马三分险，到处都是扒手、骗子，出了门就是丢了一半性命。他是四十边上的人了，又是站柜台"做店"的。做店的人，在附近三五个县城跑跑，就是了不起的老江湖，对于各地的茶馆、澡堂子、妓院、书场、镇水的铜牛、肉身菩萨、大庙、大蛇、大火灾……就够他向人聊一辈子。见多识广，社会地位高于旁人，他却当真走了几千里，干什么？是在家乡做了什么丢脸的事，或怄了气，一跺脚，要到一个亲戚朋友耳目所不及的地方来创一番事业,将来衣锦荣归,好向家中妻子儿女说一声"我总算对得起你们"?看他不像是个会咬牙发狠的人。他走路说话全表示他是个慢性子,是女人们称之为"三棍子打不出一个闷屁来"的角色。也许是有个亲戚要到内地来做事,需要一个能写字算账的身边人。机缘凑巧,他就决定跟着来"玩玩"了?不知道。反正,他就是来了。而且做了完全另外一种人。

到我们认识他时,他开了个小馆子,在我们学校附近。

大学生都是消化能力很强的人。初到昆明时,大家的口袋里还带着三个月至半年的用度,有时还能接到一笔汇款,稍有借口,或谁过生日,或失物复得,或接到一封字迹娟秀的信,或什么理由都没有,大家"通过"一下,就可以派一个人做东请客。在某个限度内还可以挑一挑地方。有人说,开了个扬州馆子,那就怎么也得巧立名目去吃他一顿。

学校附近还像从前学校附近一样,开了许多小馆子,开馆子的多是外乡人,山东、河北、江西、湖南的,都有。在昆明,只要不说本地话,任何外乡口音的,都可认作大同乡。一种同在天涯之感把掌柜、伙计和学生连接起来。学生来吃饭,掌柜的、伙计(如果他们闲着),就坐在一边谈天说地;学生也喜欢到锅灶旁站着,一边听新闻故事,一边欣赏炒菜艺术。这位扬州人老板,一看就和别的掌柜的不一样。他穿了一身铁机纺绸褂裤在那儿炒菜。盘花纽扣,纽绊拖出一截银表链。雪白的细麻纱袜,浅口千层底

落魄

礼服呢布鞋。细细软软的头发向后梳得一丝不乱。左手无名指上还套了个韭菜叶式的金戒指。周身上下,斯斯文文。除了他那点流利合拍的翻锅执铲的动作,他无处像一个大师傅,像吃这一行饭的。这个馆子不大,除了他自己,只用了个本地孩子招呼客座,摆筷子倒茶。可是收拾得干干净净,木架上还放了两盆花。就是足球队员、跳高选手来,看看墙上菜单上那一笔成亲王体的字,也不好意思过于嚣张放肆了。

　　有时,过了热市,吃饭的只有几个人,菜都上了桌,他洗洗手,会捧了一把细瓷茶壶出来,客气几句,"菜炒得不好,这里的酱油不行。""黄芹菜叫孩子切坏了,谁让他切的!——不能横切,要切直丝。"有时也谈谈时事,说点故乡消息,问问这里的名胜特产,声音低缓,慢条斯理。我们已经学会了坐茶馆。有时在茶馆里也可以碰到他,独自看一张报纸或支颐眺望街上行人。他还给我们付过几回茶钱,请我们抽烟。他抽烟也是那么慢慢的,一口一口地品尝,仿佛有无穷滋味。有时,他去遛弯,两手反背在后面,一种说不出的悠徐闲散。出门稍远,则穿了灰色熟罗长衫,还带了把湘妃竹折扇。想来从前他一定喜欢养鸟,听王少堂说书,常上富春①坐坐的。他说他原在辕门桥一家大绸缎庄做事,看样子极像。然而怎么会到这儿来开一个小饭馆呢?这当中必有一段故事。他自己不谈,我们也不便问。

---

① 富春是扬州一家有名的大茶馆。

这饭馆常备的只有几个菜:过油肉、炒假螃蟹、鸡丝雪里蕻,却都精致有特点。有时跟他商量商量,还可请他表演几个道地扬州菜:狮子头、煮干丝、芙蓉鲫鱼……他不惜工本,做得非常到家。这位绸缎庄的"同事"想必在家很讲究吃食,学会了烹调,想不到竟改行做了红案师傅。照常情,这是降低身份了,不过,生意好,进账不错,他倒像不在意,高高兴兴的。

半年以后,店门关了几天,贴出了条子:修理炉灶,停业数天。

重新开张后,饭铺气象一新,一早上就坐满了人,人来人往,川流不息,扬州人听从有人的建议,请了个南京的白案师傅来做包子下面,带卖早晚市了。我一去,学着扬州话,给他道了喜:

"恭喜恭喜!"

"托福托福,闹着玩的!"

扬州人完全明白我向他道喜的双重意义。恭喜他扩充了营业;同时我一眼就看到后面天井里有一个年轻女人坐着拣菜,穿得一身新,发髻上戴着一朵双喜字大红绒花。这扬州人在家乡肯定是有个家的。这女人的岁数也比他小得多。因此他有点不好意思。

不知道是谁给说的媒。这女人我们认得,是这条街上一个鸦片烟鬼的女儿。(这条街有一个富丽堂皇、古色古香的街名,叫做"凤翥街"。)我们常看见她蓬着头出来买咸菜,买壁虱(即臭虫)药,买蚊烟香,脸色黄巴巴的,不怎么好看。可是因为年纪还轻,拢光了头发,搽了脂粉,就像换了一个人,以前看不出的好看处全露出来了。扬州人看样子很疼爱这位新娘子,不时回头看看,走过去在她耳边低低地说几句话;或让她偏了头,为她拈去头发上的一片草屑尘丝。他那个手势就比一首情诗还值得一看。扬州人自己也像年轻了许多。

　　白案上,那位南京师傅集中精神在做包子。他仿佛想把他的热情变成包子的滋味,全力以赴,揉面,摘面蒂,刮馅子,捏褶子,收嘴子,动作的节奏感很强。他很忙,顾不上想什么。但是今天是新开张,他一定觉得很兴奋。他的脑袋里升腾着希望,就像那蒸笼里冒出来的一阵一阵的热气。听他用力抽打着面团,声音钝钝的,手掌一定很厚,而且手指很短!他的脑袋剃得光光的,后脑勺挤成了三四叠,一用力,脑后的褶纹不停地扭动。他穿着一身老蓝布的衣裤,系着一条洋面口袋改成的围裙。周身上下,无一处不像一个当行的白案师傅,跟扬州人的那种"票友"风度恰成对比。

　　不知道什么道理,那一顿早点没有给我留下什么印象。猪肝面,加了一点菠菜、西红柿,淡而无味。我看了看墙上钉着的一个横幅,写了几个美术字:"绿杨饭店"(不知是哪位大学生的大作),心想:三个月以后,这几个字一定会浸透了油气,活该!——我对猪肝和美术字一向都没有好感。

　　半年过去,很多人的家乡在不断"转进"(报纸上讳言败退,创造了一个新奇的名词)的战争中失去了。滇越铁路断了,昆明和"下江"邮汇不通,大学生的生活发生了很大的变化。很多学生在外面兼了差,教中学的,在拍卖行、西药铺当会计的,当家庭教师的,各行各业,无所不有。昆明每到中午十二点要放一炮,叫做"午炮",据说放那一炮的也是我们的一位同学。有的做了生意,而且越做越大。还有一些对书本有兴趣,抱残守阙,除了领"贷金",在学校吃"八宝饭"(糙米中有砂粒、鼠矢种种东西),靠变卖衣物维持。附近有不少收买旧衣的,背着竹筐,往来吆唤。其中有一个中年妇女,嗓音极其脆亮,我一生很少听到这样好听的叫卖声音:"有——旧衣烂衫找来卖!"

学生的变化,自然要影响到绿杨饭店。

这个饭馆原来不大像一个饭馆,现在可完全像一个饭馆了,太像了,代表这个饭馆的,不再是扬州人,而是南京人了。原来扬州人带来的那点人情味和书卷气荡然无存。

那个南京人,第一天,就从他的后脑勺上看出这是属于那种能够堆砌"成功"的人,一个非常现实的人。他抓紧机会,稳扎稳打,他知道钱是好的,活下来多不容易,举手投足都要代价。他一大早冲寒冒露从大西门赶到小南门去买肉,因为那里的肉要便宜一点;为了搬运两袋面粉,他可以跟挑夫说很多好话,或骂很多难听的话;他一边下面,一边拿眼睛瞟着门外过去的几驮子柴,估着柴的干湿分量(昆明卖柴是不约斤的,木柴都是骡马驮来,论驮卖);他拣去一片发黄的菜叶,丢到地下,拾起来,看一看,又放回案板上。他时常到别的饭铺门前转转,看看人家的包子是什么样子的,回来的路上就决定,他们的包子里还可以掺一点豆芽菜,放一点豆腐干……他的床是睡觉的,他的碗是吃饭的。他不幻想,不喜欢花(那两盆花被他搬到天井角落里,干死了),他不聊闲天,不上茶馆喝茶,而且老打狗。他身边随时搁了一块劈柴,见狗就打,虽然他的肉高高地挂在房梁上,他还是担心狗吃了。他打狗打得很狠,一劈柴就把狗的后腿打折。这狗就拖着一条瘸腿嗥叫着逃走了。昆明的饭铺照例有许多狗,在人的腿边挤来挤去,抢吃骨头,只有绿杨饭店没有。这街上的狗都教他打怕了,见了他的影子就逃。没有多少时候,绿杨饭店就充满了他的"作风"。从作风的改变上,你知道店的主权也变了。不问可知,这个店已经是合股经营。南京人攒了钱,红利、工钱,加了自己的积蓄,入了股,从伙计变成了股东。我可以跟你打赌,从他答应来应活时那一天,就想到了这一步。

绿杨饭店的主顾有些变化,但生意没有发生太大影响。在外兼职的学生在拿到薪水后会来油油肠子。做生意的学生,还保留着学籍,选了课,考试时得来答卷子,平时也偶尔来听听课。他们一来,就要找一些同学"联络感情",在绿杨饭店摆了一桌子菜,哄饮大嚼。抱残守阙者,有时觉得"口中淡出鸟来",就翻出几件值一点钱的东西拿到文明新街一卖——最容易卖掉的东西是工具书,《辞源》、《牛津字典》……到绿杨饭店来开斋。有一个四川同学家里寄来一件棉袍子,他约了几个人一同上邮局取出来,出了邮局大门,拆开包裹,把一件全新的棉袍搭在手臂上,就高声吆唤:"哪个买这件棉袍!"然后,几个馋人,一顿就把一件新棉袍吃掉了。昆明冬天不冷，没有棉袍也过得去。

绿杨饭店的生意好过一阵，好得足以使这一带所有的饭馆为之侧目。这些饭铺的老板伙计全都对它关心。别以为他们都希望"绿杨"的生意坏。他们知道，"绿杨"的生意要是坏，他们也好不了。他们的命运既相妨，又相共。果然，过了一个高潮，绿杨饭店走了下坡路了，包子里的豆芽菜、豆腐干越掺越多，卖出去的包子越来越少。时间很快过了两年了。大学的学生，有的干脆弃学经商，在外地跑买卖，甚至出了国，到仰光，到加尔各达。有的还选了几门课，有的干脆休了学，离开书本，离开学校，也离开了绿杨饭店。在外兼职的，很多想到就要成家立业，娶妻生子，不再胡乱花钱（有一个同学，有一只小手提箱，里面粘了三十一个小牛皮纸口袋，每一口袋内装一个月中每一天的用度）。那一群抱残守阙的书呆子，可卖的衣物更少了。"有——破衣烂衫找来卖"的吆唤声音不常在学校附近出现了。凤翥街冷落了许多。开饭馆的江西人、湖南人、山东人、河北人全都风流云散，不知所终。绿杨饭店还开着。绿杨饭店犹如一面镜子，照出种种变化。镜子里是变色的猪肝、暗淡的菠菜、半生的或霉烂的西红柿。太阳光如一匹布，阳光中游尘飞舞。

那个女人的脸又黄下来，头发又蓬乱了。

然而绿杨饭店还是开着。

这当中我因病休了学。病好后在乡下一个朋友主持的中学里教几点钟课，很少进城。绿杨饭店的情形可以说不知道。一年中只去过一次。

一个女同学病了,我们去看她。有人从黑土洼采来了一大把玉簪花(黑土洼是昆明出产鲜花的地方,花价与青菜价钱差不多),她把花插在一个绿陶瓶里,笑了笑说:"如果再有一盘白煮鱼,我这病就生得很像样子了!"她是扬州人。扬州人养病,也像贾府上一样,以"清饿"为主。病好之后,饮食也极清淡。开始动荤腥时,都是吃椒盐白煮鱼。我们为了满足她的雅兴和病中易有的思乡之情,就商量去问扬州人老板,能不能像从前一样为我们配几个菜。由我和一个同学去办这件事。老板答复得很慢。但当那个同学说"要是费事,那就算了"时,他立刻就决定了,问:"什么时候?"南京人坐在一边,不表示态度。出了绿杨饭店,我半天没有说话。同学问我是怎么啦,我说没有什么,我在想那个饭店。

吃饭的那天,南京人一直一声不响,也不动手,只是摸摸这,掇掇那。女人在灶下烧火。扬州人掌勺。他头发白了几根了。他不再那样潇洒,很像是个炒菜师傅了。不仅他的纺绸裤褂、好鞋袜、戒指、表链都没有了,从他下菜料、施油盐,用铲子抄起将好的菜来尝一尝,菜好了敲敲锅边,用抹布(好脏!)擦擦盘子,把刷锅水往泔水缸里一倒,用火钳夹起一片木柴歪着头吸烟,小指头搔搔发痒的眉毛,鼻子吸一吸吐出一口痰……这些等等,让人觉得这扬州人全变了。菜都上了桌,他从桌子底下拉过一张板凳(接过腿的),坐下,第一句话就是:

"什么都贵了,生意真不好做!"

听到这句话,南京人回过头来向我们这边看了看,脸色很不好看。南京人是一点也没有走样。他那个扁扁的大鼻子教我们想起前天应该跟他商量才对。这种平常不做的家乡菜,费工费事,扬州人又讲面子,收的钱很少,虽不赔本,但没有多少赚头。南京人一定很不高兴。他的不高兴分明地写在他的脸上。我觉得这两个人这两天一定吵了一架。不一定是为我们这一顿饭而吵的(希望不是)。而且从他们之间的神气上看,早已不很融洽了,开始吵架已经颇久的事了。照例大概是南京人嘟嘟囔囔,扬州人一声不响。可能总是那个女人为一点小事和南京人拌嘴,吵着吵着,就牵扯起过去许多不痛快的事,可以接连吵几天。事情很清楚,南京人现在的股本不比扬州人少。扬州人两口子吃穿,南京人是光棍一个,他们之间不会有什么会计制度,收支都是一篇糊涂账。从扬州人的衰萎的体态看起来,我疑心他是不是有时也抽口把鸦片烟。唔,要是当真,那可!

我看看南京人的肥厚的手掌和粗短的指头,忽然很同情他。似乎他的后脑勺没有堆得更高,全是扬州人的责任。

到我复学时,学校各处都还是那样,但又似乎有些变化:都有一种顺天知命,随遇而安的样子。大图书馆还有那么一些人坐着看书。指定参考书不够。然而要多少本才够呢?于是就够了。草顶泥墙的宿舍还没有一间坍圮的。一间宿舍还是住四十人。一间宿舍住四十人太多了。然而多少人住一屋才算合理?一个人每天需要多久时间的孤独？于是这样也挺好。生物系的新生都要抄一个表：人的正常消耗是多少卡路里。他们就想不出办法取得这些卡路里。一个教授研究人们吃的刺梨和"云南橄榄"所含的维他命，这位教授身上的维他命就相当不足。路边的树都长得很高了，在月光中布下黑影。树影月光，如梦如水。学校里平平静静。一年之中，没有人自杀，也没有人发疯，也听不到有人痛哭。绿杨饭店已经搬了家，在学校的门外搭了一个永远像明天就会拆去的草棚子卖包子、卖面。

这个饭店是每况愈下了。南京人的脾气变得很暴躁。背着这爿半死不活的饭店，他简直无计可施，然而扔下它又似乎不行。他有点自暴自弃起来，时常看他弄了一碗市酒，闷闷地喝（他的络腮胡子乌猛猛的），忽然把拳头一擂桌子，大骂起来。他不知骂谁才好。若是扬州人和他一样的强壮，他也许会跳过去对着他的鼻子就是一拳，然而扬州人是一股窝囊样子，折垂了脖子，木然地看着哄在一块骨头上的一堆苍蝇。南京人看着他这副倒霉样子，一股邪火从脚心直升上来！扬州人的身体越来越不行了，背佝偻得很厉害。他的嘴角老是搭拉着，嘴老是半张着。他老是用左手捋着右臂的衣袖，上下推移。又不是搔痒，不知道干什么！他的头发还是向后梳着的，是用水湿了梳的，毫无光泽，令人难过。有人来了，他机械地站起来，机械地走动，用一块黑透了的抹布骗人似的抹抹桌子，抹完了往肩上一搭：

"吃什么？有包子，有面。牛肉面、炸酱面，菠菜猪肝面……"

声音空洞而冷漠。客人的食欲就教他那个神气,那个声音压低了一半。你看看那个荒凉污黑的货架,看到西红柿上的黑斑,你想到这一块是煮不烂的;看到一个大而无当的盘子里的两三个鸡蛋,这鸡蛋一定是散黄的;你还会想起扬州人向你解释过的"鸡蛋散黄是蚊子叮的";你想起孑孓在水里翻跟斗……吃什么呢?你简直没有主意。你就随便说一个,牛肉面吧。扬州人捋着他的袖子:

"嗷——牛肉面一碗……"

"牛肉早就没有了!要说多少次!"

"嗷——牛肉没有了……"

那么随便吧,猪肝面吧。

"嗷——猪肝面一碗……"

那个女人呢?分明已经属于南京人了。不用打听,一看就看得出来。仿佛这也没有什么奇怪。连他们晚上还同时睡在那个棚子底下,也都并不奇怪。这关系是怎样转变过来的呢?这当中应当又有一段故事,但是你也顶好别去打听。

我已经知道,扬州人南京人原来是亲戚。南京人是扬州人的小舅子。这!

过了好多好多时候,"炮仗响了"。云南老百姓管抗战胜利,战争结束叫"炮仗响"。他们不说"胜利",不说"战争结束",而说"炮仗响"。因为胜利那天,大街小巷放了很多炮仗。炮仗响了以后,我没有见过扬州人,已经把他忘记了。

落魄

一直到我要离开昆明的前一天,出去买东西,偶然到一家铺子去吃东西,一抬头:哎,那不是扬州人吗?再往里看,果然南京人也在那儿,做包子,一身老蓝布裤褂,面粉口袋围裙,工作得非常紧张,后脑勺的皱褶直扭动,手掌拍得面团啪啪的响。摘面蒂,刮馅子,捏褶子,收嘴子,节奏感很强,仿佛想把他的热情变成包子的滋味。这个扬州人,你为什么要到昆明来呢?……

明天我要走了。车票在我的口袋里。我不知道摸了多少次。我有个很不好的习惯,喜欢把口装里随便什么纸片捏在手里搓揉,搓搓就扔掉了。我丢过修表的单子、洗衣服的收据、照相的凭条、防疫证书、人家写给我的通讯处……我真怕我把车票也丢了。我觉得头晕,想吐。这会儿饿过了火,实在什么也不想吃。

可是我得说话。我这么失魂落魄地坐着,要惹人奇怪的。已经有人在注意我。他一面咀嚼着白斩鸡,一面咀嚼着我。他已经放肆地从我的身上构拟起故事来了。我振作一下,说:

"猪肝面加菠菜西红柿!"

扬州人放好筷子,坐在一张空桌边的凳子上。他牙齿掉了不少,两颊好像老是在吸气。而脸上又有点浮肿,一种暗淡的痴黄色。肩上一条抹布,湿漉漉的。一件黑滋滋的汗衫(还是麻纱的!),一条半长不短的裤子。这条裤子像一个十二三岁的孩子穿的。衣裤上到处是跳蚤血的黑点。看他那滑稽相的裤子,你想到裤子里的肚皮一定打了好多道折子!最后,我的眼睛就毫不客气地死盯住他的那双脚。一双自己削成的很大的木履,简直是长方形的。好脏的脚！仿佛污泥已经透入多裂纹的皮肤。十个趾甲都是灰趾甲。左脚的大拇趾极其不通地压在中趾底下，难看无比。对这个扬州人，我没有第二种感情：厌恶！我恨他，虽然没有理由。

一九四六年

图书在版编目（CIP）数据

受戒 / 汪曾祺著. — 南京：江苏凤凰文艺出版社，2018.6（2025.9 重印）
（汪曾祺精选集）
ISBN 978-7-5594-2000-8

Ⅰ.①受… Ⅱ.①汪… Ⅲ.①中篇小说－小说集－中国－当代②短篇小说－小说集－中国－当代 Ⅳ.①I247.5

中国版本图书馆 CIP 数据核字(2018)第 078182 号

受戒

汪曾祺 著

出 版 人	张在健
责任编辑	胡 泊　丁小卉
出版发行	江苏凤凰文艺出版社
出版社地址	南京市中央路 165 号，邮编：210009
出版社网址	http://www.jswenyi.com
印　　刷	苏州市越洋印刷有限公司
开　　本	880 毫米×1230 毫米 1/32
印　　张	7.625
字　　数	195 千字
版　　次	2018 年 6 月第 1 版
印　　次	2025 年 9 月第 10 次印刷
标准书号	ISBN 978-7-5594-2000-8
定　　价	39.80 元

江苏凤凰文艺版图书凡印刷、装订错误，可向出版社调换，联系电话025-83280257